FIORINA DI CASTELLO

PAR

D'AUTUN

PARIS

AUX BUREAUX DU ROSIER DE MARIE

16, PASSAGE COLBERT, 16

1881

FIORINA DI CASTELLO

TYPOGRAPHIE ET LITHOGRAPHIE V^{es} RENOU, MAULDE, ET COCK

144, RUE DE RIVOLI, 144

FIORINA DI CASTELLO

PAR

D'AUTUN

PARIS

AUX BUREAUX DU *ROSIER DE MARIE*

16, PASSAGE COLBERT, 16

—

1881

FIORINA DI CASTELLO

I

Castel-Gandolfo, plus connu à Rome et dans les environs sous le nom de Castello, est un petit bourg situé entre Frascati et Albano, au sommet de l'une des collines qui courent en forme de ceinture autour de l'un des plus beaux lacs du monde. Les Papes y résidèrent souvent pendant l'été. L'air y est pur, la nature calme; une végétation puissante donne de l'ombre en abondance, la mer y envoie ses brises les plus fraîches, et le voisinage du lac, la vue qui s'étend d'un côté jusqu'aux montagnes de la Sabine, de l'autre jusqu'à Rome et à la mer, font de Castello un séjour charmant.

La population de ce petit bourg est simple et religieuse, de cette simplicité qu'avaient gardée les populations agricoles des environs de Rome jusqu'au moment où elles sont devenues italiennes, sans le vouloir, et de cette foi naïve qu'elles ont perdue depuis que le journal à bon marché est allé leur apprendre qu'on pourrait se passer de Dieu et de son Vicaire.

Les maisons du village se groupent autour de la résidence des Papes, un palais fort simple, auquel on a donné le nom de Castello, plutôt à cause du souverain qui l'habitait qu'à cause de l'élégance ou de la majesté de son architecture.

Deux routes ombragées conduisent de Castello à Albano. L'une suit la lisière de la colline qui tourne autour du lac d'Albano et lui donne la forme d'une coupe de verdure au fond de laquelle la nature l'a déposé ; on l'appelle la *Galleria di Sopra*. L'autre descend sur le versant de la colline qui fait face à la campagne romaine ; c'est la *Galleria di Sotto*. Ce sont, en effet, de vrais galeries. Des frênes et des hêtres touffus, quelques chênes verts plusieurs fois séculaires, y répandent une ombre opaque et les rayons du soleil n'y peuvent pénétrer.

Le Pape Pie IX suivait souvent ces galeries jusqu'au point où elles se rejoignent, à l'entrée d'Albano ; c'était sa promenade habituelle lorsqu'il allait prendre, à Castello, quelques rares jours de repos.

Les Romains ne vont pas en villégiature à Castello ; ils préfèrent Tivoli, Frascati et même Albano : Tivoli à cause de ses cascades, Frascati à cause de ses villas et Albano par habitude plutôt que pour tout autre motif.

Un jour que je traversai Castello, pour aller de Frascati à Albano, je remarquai la tranquillité qui y règne et je fus saisi par l'air pur que l'on y respire. Il faisait, à Frascati, une chaleur accablante. Je trouvai à Albano le même soleil brûlant et une poussière blanche qui semblait d'accord avec le soleil pour conspirer contre mes yeux. A Castello, il faisait relativement frais ; le village me parut calme et un peu plus propre que ne le sont les villages environnants. Le lac m'attirait ; on annonçait que le Pape y viendrait bientôt ; je me mis en quête d'un logement, et deux jours après, j'avais quitté l'Hôtel de Londres de Frascati, où l'on était fort mal, pour cette nouvelle résidence.

A peine avais-je mis pied à terre, lors de mon passage à Castello, que j'aperçus, presque à l'entrée de la *Galleria di Sotto*, une maison assez proprette devant laquelle étaient assises, à l'ombre, une femme et sa fille. Je m'étais arrêté pour examiner la maison, lorsque la mère me dit :

— Vous désiriez quelque chose, Monsieur ? Si je pouvais vous servir ?

— Oui, Madame, je cherche un logement pour un mois.

Elle regarda sa fille.

— Nous pourrions bien, lui dit-elle, lui louer la chambre dont nous ne faisons rien.

Elles m'avaient jugé, toutes deux, par un de ces regards pénétrants dont elles semblent avoir hérité de leurs ancêtres, les gens qui peuplèrent jadis tous les villages des environs.

— Oui, ma mère, dit l'enfant ; il n'a pas l'air méchant.

Et la mère de reprendre aussitôt :

— Nous avons une chambre que nous pourrions vous louer.

Elle se leva, avant d'attendre ma réponse :

— Venez voir si elle vous convient.

Je la suivis et sa fille vint derrière moi. On me fit monter au premier étage. Je dus traverser une cuisine, puis un appartement à deux lits, et l'on m'introduisit dans une chambre dont je ne puis décrire l'abandon. Il faut avoir vécu en Italie pour savoir en quel état se trouve un appartement inoccupé.

Mais sora Beatrice — c'était le nom de la mère — ne me donna pas le temps d'exprimer mes réflexions : — La chambre est abandonnée, me dit-elle ; mais si vous le voulez, nous vous la rendrons propre en quelques heures. Et puis, regardez la belle vue ! Quel bon air on respire ici ! La fenêtre de la chambre donnait sur la campagne romaine. On voyait Rome et le dôme de Saint-Pierre. Elle recevait la brise de première main. Il était dix heures du matin, et je trouvais qu'il faisait assez frais sur cette hauteur.

La petite reprit :

— Il n'y a pas d'insectes, Monsieur, ici, pas de moucherons : nous sommes à la campagne ; voyez, pas de voisinage.

Elle dit cela avec ce petit air moqueur particulier aux femmes de Rome qui veulent vous enjôler et dont on accepte les arguments naïfs, en apparence seulement, quand on a vingt ans et qu'on ne connaît aucun souci, avec autant d'indifférence qu'elles en mettent à les exprimer.

— Si cela vous plaît, Monsieur, dit sora Beatrice, je vous ferai votre ordinaire ; Fiorina vous servira à table.

— Oui, Monsieur, dit celle-ci, à moins que vous ne préfériez manger avec nous. Mais vous êtes peut-être étranger, bien que vous parliez très-bien italien ; il serait possible que notre ordinaire ne vous convînt pas ; alors nous pourrions vous servir au salon.

Et elle ouvrit un appartement voisin, exposé comme la chambre au soleil couchant et dont la propreté et la tenue me convinrent beaucoup mieux que celles de la chambre. En même temps, elle regarda sa mère, et lui dit dans un patois que je comprenais parfaitement :

—Il ne dit rien; ils sont drôles, ces étrangers! Il a l'air bon cependant.

J'aimais assez les aventures pour me décider à rester dans cette maison et dans ce milieu qui commençait à me plaire.

— Et combien voulez-vous, demandai-je à sora Beatrice, que je vous donne par mois, pour la chambre, le salon et ma nourriture?

— Nous blanchirons aussi votre linge, Monsieur. Fiorina repasse très-bien. Ce sera douze écus (soixante et quelques francs) si vous mangez avec nous, et, dans le cas contraire, vous paierez ce que vous nous commanderez, et la chambre et le salon vous coûteront quatre écus (vingt et quelques francs).

Je répondis alors que je préférais manger à la table commune et que je donnerais les douze écus qu'on me demandait. Il fut convenu que je reviendrais dans deux jours. Quand nous nous séparâmes, Fiorina et sa mère paraissaient enchantées de m'avoir loué leur appartement, et je n'étais point fâché de l'avoir accepté.

A mon retour, la chambre était très-propre; la maison avait aussi fait sa toilette. Sora Beatrice et sa fille me reçurent avec autant d'empressement qu'on en met à recevoir un ami. Le gamin qui poussait mon âne, ne manqua pas, en prenant congé, de m'assurer que je serais très-bien chez ces personnes : il les connaissait depuis longtemps ; il leur croyait une modeste aisance et s'étonnait qu'elles eussent consenti à me recevoir sans me connaître et à louer leur appartement. Tous ces gens-là font sans doute aujourd'hui de la politique, alors ils philosophaient sur les événements communs, et ils avaient tous des appréciations et des jugements, sur les personnes et sur les choses, à transmettre gratuitement à ceux qu'ils conduisaient. Je dois avouer que j'aimais beaucoup leur conversation : souvent il m'est arrivé de trouver des esprits vraiment supérieurs sous les haillons qu'ils portaient d'ailleurs avec beaucoup de majesté ; jamais je ne crois avoir rien surpris d'absolument vulgaire dans les discours, parfois fort longs, par lesquels ils accompagnaient nos excursions.

Sora Beatrice était une femme de taille moyenne, au teint légèrement basané, à la tournure svelte et élégante. Elle parlait l'italien avec beaucoup de correction et de pureté. Sa physionomie était douce et comme voilée par un rayon de tristesse que j'attribuai à son veuvage. Elle avait au plus quarante ans, et, depuis dix ans, son mari lui manquait. Ses yeux grands et longs étaient ombragés par des cils très-nombreux et surmontés de sourcils assez épais. On ne pouvait s'empêcher de surprendre, dans son regard, de l'intelligence et de la profondeur. Elle portait le corsage ouvert des femmes d'Albano ; mais soit qu'elle n'aimât pas les couleurs vives, soit qu'elle voulût garder dans sa mise les marques de sa condition, ses vêtements étaient d'un gris terne, relevés par la blancheur éclatante d'un fichu qui contrastait d'ailleurs avec la légère teinte de son visage. Il y avait en elle de la dignité, de la tenue ; rien ne rappelait la mollesse des Romaines dégénérées, mais rien aussi ne marquait davantage la noblesse de ses sentiments.

Fiorina avait seize ans, de grands cheveux noirs, soutenus par une épingle en argent à tête de corail. Elle avait, dans son teint, toute la blancheur du cygne ; ses mains étaient longues et maigres, ses dents blanches et aiguës. Elle portait le même costume que sa mère, avec une légère tendance vers les modes nouvelles, qui flattait d'ailleurs l'élégance de sa taille. Son regard était fort mobile : parfois on eût dit qu'elle était mélancolique et rêveuse ; le plus souvent, elle souriait gaiement, et, à la moindre occasion, ne manquait pas de rire aux éclats. Fiorina était très-gaie, fort vive, rapide dans ses mouvements comme dans sa démarche. On eût dit qu'elle avait les membres d'acier et les muscles de vif argent. Tandis que sa mère parlait peu, Fiorina aimait beaucoup à causer : « Ma fille est la joie de la maison, » m'avait dit sora Beatrice. Puis elle avait ajouté que la présence de Fiorina lui rendait agréable, sans qu'elle eût à se répandre en de nombreuses compagnies, une solitude que d'autres trouveraient trop austère pour son âge.

Je ne fus pas longtemps à m'apercevoir que Fiorina avait les mêmes goûts que sa mère. Elles travaillaient ensemble, sortaient rarement, sauf pour aller à l'église ou au couvent des Pères Franciscains, situé du côté du lac opposé à Castello, au pied du Monte-Cavi. Deux fois par an, elles faisaient ensemble le pèlerinage de Galloro. Jamais elles n'avaient vu Rome, que de la fenêtre de la chambre qu'elles venaient de me louer.

Le soir venu, on me demanda à quelle heure je voulais me mettre à table. J'acceptai l'heure à laquelle mes deux hôtesses avaient coutume de prendre leur repas, ce qui parut beaucoup les étonner; car elles savaient déjà, grâce à deux ou trois fautes que j'avais commises en parlant italien, que j'étais Français. Lorsque l'intimité fut formée entre nous — et elle arriva sans retard — elles m'avouèrent que la facilité avec laquelle j'avais accepté leur manière de vivre, les avait beaucoup étonnées : « Les Français veulent tout changer, disait Fiorina, en riant de tout son cœur. Vous devez être à moitié italien. » Et elle accompagnait cela de grands éloges sur la manière facile et correcte dont je parlais sa langue. « La vôtre est plus dure que la nôtre, ajoutait-elle, et quand un Français parle italien, il ne sait pas ouvrir la bouche comme nous. »

— Peut-être cela vient-il, répondais-je en souriant, de ce que nous ne pouvons pas montrer des dents aussi blanches que les vôtres.

— Ah! voilà bien le Français, reprenait-elle ; on m'avait dit qu'ils faisaient toujours des compliments.

Et elle riait de tout son cœur.

La réfection que nous servit sora Beatrice était modeste ; mais tout était très-propre et très-soigné. Elle ne manqua pas de me faire observer que le linge sortait de la lessive, que le petit vin de Castello était pétillant et généreux, que la viande était fraîche et ne ressemblait pas à celle que l'on mange dans les auberges, et elle insista beaucoup pour que je lui fisse connaître mes goûts, afin de ne pas l'exposer à me servir des mets qui ne me plairaient point.

Fiorina causa beaucoup, et quand je vis qu'elle avait presque épuisé tous les sujets de conversation, je lui demandai d'où venait son nom et si elle savait ce que ce nom voulait dire :

— Je n'y ai jamais songé, me répondit-elle. Et elle interrogea sa mère du regard.

Celle-ci répondit :

— Nous l'avions appelée Marie, et Fiorina est un surnom qui lui a été donné par son père. Encore bien jeune, ma fille aimait à aller sur les bords du lac, cueillir des fleurs qu'elle portait à la Madone. Un jour qu'elle n'avait trouvé qu'une violette et qu'elle demandait à son père de l'aider à la déposer aux pieds de la Madone, son père, qui ne voyait pas la fleur, ne se prêtait point à son désir. Impatienté de l'entendre lui dire : « Fiorina ! Fiorina ! » il lui répondit en l'embrassant : « Fiorina tu es, tu seras Fiorina, » et ce nom lui est resté.

— Et je ne vois plus de fleurs aux pieds de la Madone, repris-je en souriant.

— Ah ! c'est que maintenant je suis trop grande, répondit Fiorina; je ne vais plus seule sur les bords du lac, et je n'en cueille que lorsqu'avec ma mère nous allons au couvent.

— Vous m'y conduirez, n'est-ce pas, Fiorina ? lui dis-je alors, et nous cueillerons ensemble des fleurs sur les bords du lac : vous me permettrez, sora Beatrice, de me joindre à vous?

— Très-volontiers, répondit la mère.

Puis, comme elles étaient déjà fort à l'aise avec moi :

— Voyez, Monsieur, continua-t-elle, ce couvent est bien pauvre. Il n'y a là que trois religieux Franciscains très-âgés, qui manquent de tout ; et... je puis bien vous dire notre secret... nous travaillons pour leur procurer quelques ressources, et, si nous vous avons reçu chez nous, c'est afin de leur apporter, dans quelque temps, l'argent que vous nous donnerez.

Je fus profondément touché de la naïve confidence que l'on venait de me faire. Je compris que je n'étais pas dans un de ces milieux, fort nombreux en Italie, où l'on cherche à exploiter les étrangers par besoin ou par instinct de cupidité.

— Nous devrions aller demain au couvent, repris-je aussitôt. Je vous donnerai la petite somme que je vous ai promise, et vous apporterez aux Pères ce que vous voudrez.

— Quel plaisir cela leur fera, dit Fiorina! A notre dernière visite, tu t'en souviens bien, mère, Fra Joachino était malade, et les Pères qui le servaient nous parlèrent de leur embarras. Comme la maladie l'empêchait d'aller quêter dans les environs, ils n'avaient pas de quoi lui acheter un peu de bonne viande pour lui faire du bouillon. Et il est vieux, Monsieur, Fra Joachino; à son âge un peu de bouillon lui ferait grand bien.

— C'est cela, dit sora Beatrice. Le bon Dieu vous a envoyé, Monsieur, pour faire du bien à nos Pères. Qui sait si votre aumône ne nous vaudra pas de rendre la santé à ce bon Père? Si vous saviez comme il est bon! Quel homme de Dieu! Peut-être avez-vous entendu dire quelquefois en France que les moines d'Italie sont des fainéants. Si vous aviez connu, comme nous, Fra Joachino, vous auriez vu combien on a tort de parler ainsi de ces religieux. Quand il se portait bien, il se levait de très-bonne heure, et, par tous les temps, avec le froid, avec la grande chaleur, il allait parcourir tous les villages des environs, sa besace sur le dos, et il ne rentrait que fort tard au couvent, apportant ce qu'on lui avait donné. Ce n'était pas grand chose : un peu de pain, un peu d'huile, quelques *fiasshi* de vin, quelques légumes. On ne donne plus maintenant comme autrefois. Et cependant les bons Pères donnent toujours! Vous verrez des pauvres à la porte du couvent: ils viennent y chercher leur nourriture et quelquefois celle de leurs enfants. Que de gens souffrent depuis que Fra Joachino est malade!

Fiorina était fort émue et je l'étais autant qu'elle. Mais je ne m'expliquais pas le motif pour lequel elle semblait si dévouée à ce vieux Père. Quand je me retirai dans ma chambre, elle me serra la main et me dit :

— Reposez-vous bien, ange du bon Dieu.

Ces derniers mots furent prononcés à voix basse : je les entendis pourtant très-distinctement ; mais au moment où j'allais reprendre et lui demander ce qu'elle voulait dire par là, j'aperçus que son regard se voilait, et je crus voir une larme perler à travers ses longs cils.

A peine les avais-je quittées, que je vins les rejoindre apportant avec moi la somme que j'avais promise. Les Italiens avec lesquels j'avais vécu jusquelà, me paraissaient si méfiants, que je craignais, si je ne tenais pas aussitôt parole, que l'on comptât médiocrement sur ma promesse. Je pensais que mes douze écus une fois en possession de sora Beatrice, assureraient à Fiorina une nuit plus calme et une confiance plus sereine.

— Mais, il était temps de nous les donner demain, dit sora Beatrice, en les recevant.

Fiorina détourna la tête et je compris très-bien que c'était pour me cacher ses larmes. Quand elle voulut me remercier, en même temps que sa mère, je ne pus douter que l'émotion n'eût altéré sa voix ordinairement si fraîche et si claire.

La nuit était belle, calme, silencieuse ; le ciel ne

laissait pas, malgré ses ombres, d'être transparent. Je respirai longtemps la brise qui venait me chercher en mon petit réduit. Je songeai à ce qui venait de se passer et je ne pouvais douter que j'étais en présence de deux âmes simples et charitables, dont la vie s'écoulait paisiblement en faisant du bien. Jamais je n'avais éprouvé autant de plaisir à trouver douze écus dans ma poche. Je formais déjà des projets : il me semblait que je pourrais retrancher bien des dépenses ordinaires de mon budget ; j'en prévoyais les moindres détails. Je supprimais certains chapitres. Je comptais quelles économies ils me produiraient, et je me promettais de verser ces économies entre les mains de sora Beatrice et de Fiorina.

— Cette enfant m'a appelé un ange du bon Dieu, me disais-je ; c'est elle qui est un ange, puisqu'elle est si vivement émue à la première espérance qui s'offre à elle de pouvoir venir en aide au malheur !

II

Nous ne pouvions attendre que le soleil fût depuis longtemps monté à l'horizon pour faire la promenade projetée. Il avait été décidé que nous nous mettrions en route à sept heures, et que nous éviterions la chaleur au retour en passant la journée soit au couvent, soit sur les bords du lac.

A l'aube, Fiorina et sa mère étaient déjà sur pied. Malgré les précautions qu'elles prirent pour ne pas me déranger, je remarquai leur sortie, au moment où l'on venait de sonner une messe à l'église, et je ne doutai pas qu'elles n'eussent voulu commencer la journée par leurs dévotions.

Lorsqu'elles rentrèrent, j'allai au devant d'elles. Sora Beatrice et sa fille avaient retrouvé toute leur gaieté, et je ne pus douter que la promenade que nous allions faire ne dût leur être fort agréable. J'assistai, en causant, à leurs derniers préparatifs. Elles remplirent un panier des provisions qu'elles apportaient aux Pères : un peu de vin, de la viande et quelques légumes. Elles mirent dans un autre panier ce qu'elles avaient préparé pour notre déjeuner. Lorsque leurs arrangements furent terminés :

— Eh bien, si cela vous plaît, Monsieur, nous partirons, me dit sora Beatrice.

Elles ne voulurent pas me laisser prendre ma part de leur fardeau.

— Nous y sommes habituées, nous, disait Fiorina ; nous portons ces paniers sans nous en douter; et puis... aujourd'hui, plus gaiement que jamais, parce que les Pères seront bien contents.

Comme le soleil commençait à être assez ardent :

— Nous n'aurons pas chaud, me dit Fiorina. Je vais vous faire suivre un petit sentier qui est très-ombragé.

Elle nous fit descendre jusqu'au bord du lac, et là nous trouvâmes, comme elle nous l'avait annoncé, de l'ombre et de la fraîcheur.

Dès que nous aperçûmes le couvent, Fiorina ne manqua pas de me le montrer. On ne peut imaginer une situation plus favorable au recueillement et à la prière. Entre Castello et Albano, la bordure du lac est relativement peu élevée : elle s'étend en pente douce le long d'une colline. Mais dès qu'on a dépassé le point de la colline derrière laquelle Albano est situé, et tourné la courbure qu'elle forme, la colline devient une superbe montagne, le Monte-Cavi, au haut de laquelle on conduisait autrefois, pour immoler une brebis à Jupiter, les triomphateurs de second ordre qui n'avaient pas obtenu la faveur de monter au Capitole. Au sommet du Monte-Cavi se trouve un couvent de Passionnistes, qui prient et qui souffrent, qui méditent les années éternelles : on y envoie les religieux qui doivent se reposer après les fatigues des missions.

Au bas de la montagne, sur le bord du lac, est le couvent des Franciscains, un vrai nid de verdure. La propriété leur en fut donnée par une famille noble des environs qui y avait des tombeaux : ils sont là chargés de prier pour les morts dont ils gardent les cendres.

Sora Beatrice et sa fille, bien qu'elles fussent accoutumées à contempler la beauté du site, ne négligèrent pas de m'en faire observer tous les détails. Je crus que le moment était venu de leur faire raconter l'histoire de Fra Joachino : il me semblait que cet homme ne pouvait être un quêteur vulgaire et qu'il devait y avoir des choses intéressantes à apprendre sur lui.

Ce fut Fiorina qui se chargea de me renseigner. Elle parlait avec tant de charme, que je me suspendis à ses lèvres; j'éprouvais déjà à l'entendre une impression de bonheur très-vive.

— Fra Joachino, me dit-elle, était — il y a long temps, bien longtemps, car il est très-vieux — un jeune étudiant des Universités romaines. Il appartenait à une famille riche. Il avait fait des études brillantes de médecine, et il avait passé avec succès tous ses examens. Il ne lui restait plus qu'à prendre le titre de docteur qui l'aurait conduit soit à une chaire dans l'Université, soit à une nombreuse clientèle. Depuis plusieurs années, il était fiancé à une jeune fille de sa condition. On n'attendait, pour célébrer leur union, que la fin des études de Joachino. Mais Dieu permit que cette jeune fille mourût au moment même où Joachino préparait son doctorat. Sa douleur fut telle qu'il abandonna tout, quitta ses parents désolés et alla demander à l'un des plus pauvres couvents de Rome, la faveur d'être reçu comme frère convers, à la condition qu'on l'enverrait, après son noviciat, au couvent du lac d'Albano, où se trouve la tombe de sa fiancée. Il est là depuis plus de quarante ans, et il passe son temps à quêter, de village en village, pour nourrir les deux autres religieux qui prient nuit et jour pour elle. C'est beau, n'est-ce pas, Monsieur, qu'un pareil amour?

Je répondis avec toute la conviction de mes vingt ans :

— Oui, Fiorina, c'est beau, et à voir l'intérêt que vous portiez à ce vieux Frère, je me doutais bien qu'il devait vous avoir vivement impressionné par quelque action louable.

Fiorina avait repris son air rêveur de la veille. Je voulus essayer de changer de conversation.

— C'est donc ici, lui dis-je, que vous veniez toute enfant, cueillir des fleurs pour la Madone? J'en cherche depuis que nous longeons le lac pour vous en offrir, et je n'en vois pas.

— Il fait trop chaud maintenant, dit-elle. Il n'y en a plus dans cette saison. Les fleurs sont comme les âmes qui leur ressemblent : quand il fait trop chaud, elles se flétrissent, comme Fra Joachino que l'ardeur de son amour pour sa fiancée a porté à mourir au monde auquel elle n'appartenait plus.

— Voilà une théorie bien élevée, repris-je. Vous m'avez l'air, Fiorina, d'en être si convaincue que, le cas échéant, vous pourriez peut-être avoir la pensée de la suivre.

— C'est le seul sujet de nos querelles amicales, dit sora Beatrice. Fiorina a aussi un fiancé, et croyez-vous qu'elle s'entretient dans ce sombre pressentiment que Carluccio lui sera ravi, avant qu'ils aient pu se marier, et qu'elle veut faire alors comme Fra Joachino, quitter sa mère, aller s'ensevelir dans un cloître. Elle s'est mise en tête d'obte-

nir la même promesse de Carluccio, et les voilà
en froid parce que son fiancé ne veut pas s'en-
gager.

— Idées d'enfant ! repris-je en affectant un air
très-sententieux et très-philosophique.

— Et vous disiez tout à l'heure que c'était très-
beau ! s'écria Fiorina avec vicacité.

J'étais battu.

— Oui, repris-je cependant pour essayer de sortir de l'impasse où je m'étais jeté par courtoisie
autant que par sentiment, c'est très-beau de la
part de Fra Joachino ; mais... ce serait bien dom-
mage de votre part.

— Et croyez-vous, dit-elle en s'animant, que si
Carluccio m'aimait comme je l'aime, il me refuse-
rait le serment que je lui demande?

— Croyez, Fiorina, que si Carluccio vous refuse ce
serment, c'est qu'il ne veut pas mettre à la base
de votre amitié une pensée de tristesse. Et puis,
Fra Joachino garde le tombeau de sa fiancée, tandis que Carluccio ne pourrait pas garder le vôtre.

— Précisément, Monsieur, nous avons le droit
d'être enterrés dans le couvent que vous allez visiter, et ne serait-il pas très-beau, de la part de
Carluccio, de prendre la place de Fra Joachino,
de se constituer le gardien de ma tombe, d'aller
quêter pour les religieux qui prieraient pour
moi?

Elle s'animait de plus en plus, et ne je trouvais
rien à répondre. Je voulus cependant essayer :

— Calmez-vous, Fiorina, Carluccio sait qu'il a le
temps de réfléchir à ce que vous voulez de lui.
Vous êtes fraîche comme une rose ; comment
osez-vous songer à mourir ! C'est parce qu'il voit
que vous pensez trop à la mort que votre fiancé

ne consent pas à vous faire la promesse que vous exigez de lui.

— C'est bien simple, répondit-elle, qu'il la fasse, et je n'y penserai plus. Mais, non, c'est qu'il ne m'aime pas, je le vois bien. Je voudrais bien ne pas l'aimer non plus ; puis dès que je le vois, c'est plus fort que moi. Je lui dis qu'il est un méchant, un ingrat ; je le fais pleurer, et quand il est parti, je pleure plus fort que lui.

— Et voilà six mois que cela dure, dit sora Beatrice. Quand nous pouvions parler à Fra Joachino, il délivrait Fiorina pour quelque temps de ces idées ; à présent, nous ne pouvons plus le voir depuis qu'il est malade, et c'est la seule personne en qui Fiorina ait confiance.

Puis, s'adressant à sa fille :

— Allons, Fiorina, nous voici arrivées au couvent, ne sois plus triste. Monsieur ira voir le Frère ; il lui dira que nous sommes au parloir, et s'il peut descendre, il viendra certainement te dire quelques-unes de ces bonnes paroles qui te remettent et qui ramènent la bonne entente parmi nous.

En disant cela, elle sonnait à la porte du monastère.

Le Père Antoine vint nous ouvrir et nous annonça que le malade allait un peu mieux, qu'il s'était levé la veille et que peut-être il pourrait venir voir ses amies.

Sora Beatrice demanda au Père de m'introduire près de Fra Joachino :

— Monsieur est un de nos amis, dit-elle.

Puis elle ajouta à voix basse :

— C'est lui qui est cause que nous avons pu vous apporter aujourd'hui ces petits objets.

Et elle lui remit son panier qui fut reçu avec reconnaissance.

— C'est le bon Dieu qui vous envoie, nous dit le Père Antoine : il n'y a plus rien au couvent depuis que notre Frère ne peut plus aller chercher ce qui nous est nécessaire. Ce sont maintenant nos pauvres qui nous nourrissent, et ils le font de bien bon cœur.

Sora Beatrice et sa fille restèrent au parloir, où le Père devait venir les rejoindre après m'avoir conduit chez le malade.

Il me fit traverser une cour humide, puis monter par un escalier assez large et qui tombait en ruines, et au fond d'un corridor étroit, il frappa à une porte qui s'ouvrit. C'était la cellule du Frère : deux petits bancs soutenaient quelques planches, sur lesquelles était un matelas fort mince, une petite table, un escabeau, une croix de bois, c'était tout le mobilier de cette simple demeure. Le malade était assis sur son lit, il tenait son chapelet à la main.

Il se leva à mon entrée, me salua avec bonté, me toucha la main et se réjouit quand le Père Antoine lui dit que j'étais un ami de sora Beatrice.

— La sainte femme! dit-il ensuite, les yeux mouillés de larmes ; comment va-t-elle?

— Elle va bien, Frère ; elle est au parloir avec sa fille, qui va bien aussi.

— Et vous êtes un de leurs amis?

— Oui, mon Frère ; mais notre amitié n'est pas de vieille date ; je ne suis chez elles que depuis hier, et nous avons fait connaissance depuis trois jours seulement.

— Il n'en faut pas tant aux braves gens pour se connaître. C'est vous, sans doute, Monsieur, qui avez loué leur chambre?

— Oui, Frère, je suis là en villégiature pour un mois.

— Elles m'ont fait annoncer cela hier par un de mes pauvres. Et vous êtes Français, parlons un peu votre langue.

Le Frère était un homme grand, sec et maigre. La maladie avait ajouté à l'air austère de sa physionomie, mais ne lui avait rien fait perdre de sa douceur. Sa tête, qu'un peintre n'eût pas manqué de reproduire comme type d'une tête de moine, n'avait conservé que quelques rares cheveux. Son front était saillant, son regard vif, son visage d'un parfait ovale et ses traits réguliers. Il parlait français avec une grande correction et presque sans accent. Il me raconta qu'au commencement de l'occupation, tandis que nos soldats étaient à Albano, il les voyait souvent, causait avec eux et allait chercher tous les jours à leur caserne les restes de leur soupe et de leur bœuf qu'ils lui donnaient généreusement. Il ne tarissait pas en éloges sur leur compte. Je dois avouer, d'ailleurs, que nos soldats les méritaient alors. Leur conduite était presque irréprochable et leur charité exemplaire. Qui ne se rappelle le plaisir qu'ils éprouvaient à causer avec les moines dans les couvents desquels on les avait logés, et la discrétion qu'ils mettaient à user de cette hospitalité sans que leurs hôtes en fussent gênés ?

Je racontai à Fra Joachino la conversation que je venais d'avoir avec Fiorina.

— Pauvre enfant, me dit-il. J'ai peut-être eu tort de lui raconter mon histoire, son imagination s'en est exaltée; mais nous la guérirons ou plutôt le bon Dieu la guérira, à moins qu'il ne la prenne pour lui. Sa mère est digne de supporter la souffrance nouvelle que lui causerait la perte de sa fille, et Fiorina est si naïve, si modeste et si pure que les anges pourraient bien nous l'envier et l'appeler à devenir leur sœur.

Je crus que la maladie, comme il arrive souvent, avait assombri l'esprit de ce saint religieux. Cependant, bien que je connusse à peine Fiorina, je me pris à penser qu'il pouvait bien n'être pas trompé par ses sombres pressentiments. J'étais déjà persuadé que cet homme devait mieux qu'un autre comprendre les desseins du ciel, et la vénération qu'il m'inspirait n'avait d'égale que ma confiance en lui.

Fra Joachino me semblait assez fort pour descendre, pendant quelques instants, au parloir. Je lui proposai d'essayer en s'appuyant sur mon bras. Il accepta, et, réunissant toutes ses forces, appuyé de la main gauche sur un bâton, nous arrivâmes ensemble au parloir sans trop de peine.

— Tous les bonheurs nous viennent par vous, Monsieur, me dit Fiorina, avec un visage rayonnant de joie, au moment où nous entrions. Cela va mieux, Fra Joachino ; dans quelques jours vous viendrez nous voir à Castello. Monsieur consentira bien à venir vous chercher ?

— Sans aucun doute, répondis-je ; je suis très-heureux, en attendant, que le secours de mon bras lui ait permis de venir jusqu'ici.

— Et est-elle sage ? dit le Frère, en montrant Fiorina et en s'adressant à sa mère, tandis qu'il prenait la main de la jeune fille.

— Hum ! répondit sora Beatrice. Nous avons bien besoin, Frère, que vous lui chassiez quelques papillons noirs.

Fiorina rougit un peu.

— Ah ! tu rougis, reprit Fra Joachino. C'est moi

qui devrais rougir, parce que je suis la cause innocente de ton mal. Mais je le guérirai, tu sais bien que j'ai des remèdes pour toutes les maladies.

— Oui, répondit Fiorina ; mais ce n'est pas moi qu'il faut guérir ; c'est Carluccio. Il ne veut pas...

Et elle allait s'animer derechef.

— Chut ! lui fit Fra Joachino : il y a des choses que l'on fait sans avoir promis de les faire ; et il y en a d'autres que l'on ne fait pas, même lorsqu'on y est engagé par la promesse la plus solennelle.

— Et vous n'avez pas promis, vous ? s'écria Fiorina, pour qui cette parole avait été une lumière.

— Certainement, non, ma fillette, répondit le Frère. Si je l'avais promis, je ne l'aurais peut-être pas fait.

— Je comprends, Frère ; merci, dit Fiorina toute rassurée, je ne demanderai plus de promesse à Carluccio ; je serai bien sage, mère. Et elle embrassa sora Beatrice. Je ne vous ennuierai plus de mes papillons noirs, Monsieur. Et elle me tendit la main.

J'admirai comment, par un seul mot, cette enfant avait retrouvé tout son calme. Il me tardait d'être à Castello, pour aller chercher Carluccio, que je ne connaissais pas, et pour voir comment s'aimaient ces deux enfants. Cette étude de mœurs me plaisait.

Le Frère ne put pas rester longtemps au parloir. Le Père Antoine se joignit à moi pour le reconduire dans sa cellule. On avait eu le temps de lui préparer un peu de bouillon, un morceau de viande, que je fus assez heureux pour lui servir, de concert avec le Père. Après avoir mangé et bu un peu de bon vin, il se trouvait, nous dit-il, beaucoup mieux. Je lui promis de venir le revoir sous peu et de le conduire à Castello dès que ses forces seraient raffermies. Quand je pris congé de lui, il me baisa la main, pour m'exprimer, à sa manière, la reconnaissance qu'il éprouvait. Je compris que je pouvais me permettre de l'embrasser, et il accepta avec effusion.

Ses deux compagnons de solitude me reconduisirent jusqu'au parloir. Ils me remercièrent beaucoup, comme si j'étais, à leur égard, l'auteur d'un grand bienfait, et ils me promirent de prier pour moi, en me disant au revoir.

— Voyez comme il est utile d'être riche! me dit, quand nous fûmes seuls, sora Beatrice. Vous serez cause du retour à la santé de notre bon Fra Joachino.

— Et du retour de ma gaieté , s'écria Fiorina, en sautant comme une biche sur le gazon.

Tout habitué que j'étais à vivre avec des Italiens, je n'en avais jamais rencontré dont la société me fût aussi agréable que celle de ces deux femmes. Quel ne fut pas mon étonnement, lorsque, assis tous trois sur l'herbe, je les vis sortir de leur panier un excellent déjeuner, aussi proprement préparé et servi qu'aurait pu le souhaiter l'Anglais le plus soucieux du confortable. Rien n'y manquait : des assiettes, des couteaux, des fourchettes, un poulet, du jambon, du dessert, du vin excellent, et une gaieté parfaite. Décidément, je ne pouvais que m'applaudir d'avoir choisi cette villégiature. On parla beaucoup de Carluccio. Sora Beatrice louait la bonté de son cœur, et Fiorina regrettait de lui avoir causé de l'ennui.

— Mais, j'ai mes remèdes, moi aussi, disait-elle gaiement. Vous verrez, Monsieur, comme il sera heureux, ce soir, lorsqu'en passant devant sa maison, je l'appellerai, je lui sourirai, et je l'inviterai à venir souper avec nous !

Tout cela ne faisait qu'augmenter le désir que j'avais de connaître Carluccio. On avait évité de me dire comment il était, quelles étaient sa famille, son éducation, son instruction. Je ne savais qu'une chose de lui, c'est qu'il avait bon cœur et bon goût, puisqu'il aimait Fiorina, qu'elle pouvait, à son gré, commander à la joie ou à la tristesse d'envahir son âme. Il me tardait que le soleil se fût couché derrière les bords du lac, pour reprendre la route de Castello, et pour faire la connaissance du jeune fiancé.

III

Ceux qui aiment les parties de campagne, savent que, sur la fin de la journée, d'une journée d'été surtout, on en vient à trouver un peu lente la manière dont passent les heures. J'éprouvais cela, en rentrant à Castello, malgré la charmante conversation de deux femmes pour lesquelles je n'étais plus absolument indifférent. Jo me serais retiré avec quelque satisfaction dans mon appartement, au retour du monastère, si je n'avais tenu à voir Carluccio, et à le voir en face de Fiorina.

Au moment où nous arrivions dans le village :

— Voici Carluccio, me dit Fiorina. Et j'aperçus un beau gars de vingt à vingt-deux ans, portant une ceinture rouge, — ce fut ce qui me frappa d'abord, — une veste et un pantalon de velours qui se cachait, à partir du genou, dans de grandes guêtres de cuir, et un chapeau napolitain orné d'une plume. Ce chapeau faisait, sans doute, partie intégrante de sa personne ; car il ne prit pas la peine de se découvrir pour répondre à mon salut.

Fiorina lui présenta la main qu'il prit, tout en

me regardant, puis le front qu'il baisa. Sa mère en fit autant ; après quoi il se mit à marcher à côté de nous, visiblement occupé de ma personne.

— Monsieur est un Français, bien bon, Carluccio, lui dit Fiorina en me souriant. Nous revenons du couvent. Fra Joachino va mieux. C'est Monsieur qui l'a guéri. Et tu vas venir souper avec nous pour fêter sa guérison.

Carluccio me regardait toujours avec un air presque hébété, auquel ni Fiorina, ni sa mère ne semblaient faire attention. Je voulus pousser mon étude de mœurs jusqu'au bout, et, au lieu de rentrer dans mon appartement, je restai avec les deux fiancés au salon, tandis que sora Beatrice nous préparait à souper.

Ils s'assirent tous deux dans un canapé, et alors seulement Carluccio quitta son chapeau, qui lui cachait la moitié de la figure. Je pus voir sa belle chevelure noire, ses yeux brillants, et me laisser charmer par la régularité de ses traits.

Fiorina parla beaucoup. Elle raconta longuement notre visite au monastère.

— Que m'en as-tu rapporté ? dit alors Carluccio dont je venais d'entendre enfin la voix, une voix sonore, claire, affectueuse, qui semblait, en sortant de sa poitrine, avoir le don d'animer une physionomie avec laquelle elle s'harmonisait parfaitement.

— Eh bien ! moi, reprit Carluccio, je t'ai apporté quelque chose d'Albano, où je suis descendu ce soir.

Et fouillant dans la poche de sa veste, il en tira une petite bague en perles, qui valait bien deux sous, et qui excita les transports de Fiorina. Elle la prit, la baisa, la mit au doigt, et embrassa Carluccio sur le front.

— Quand tu me donneras l'autre, dit-elle ensuite, je serai encore plus contente. Et tu sais, il ne doit plus être question de rien. Fra Joachino m'a guérie.

— Dieu soit béni! dit Carluccio. Tu as compris que ce sont des choses que l'on fait et que l'on ne dit pas.

Fiorina me regarda. J'allais observer que Carluccio parlait absolument comme le Frère; mais, en me regardant, Fiorina avait un peu rougi. Je crus qu'il valait mieux ne rien dire.

Carluccio me regardait toujours; cependant je compris qu'il s'accoutumait à ma présence, et qu'elle ne le gênait pas trop. Peu à peu, il se déridait, en retrouvant sur la physionomie de Fiorina cette candeur qu'il aimait et que ne voilaient plus les papillons noirs des jours précédents. Il en vint à m'adresser la parole : ce fut pour me parler des soldats français qu'il avait connus pendant leur séjour à Albano. Il s'imaginait que je devais connaître tous ceux avec qui il avait été en rapport. Ceci était alors très-particulier aux Italiens : pour eux, la France n'était guère autre chose qu'un village un peu plus grand peut-être que celui qu'ils habitaient, où tout le monde devait se connaître, comme ils connaissaient eux-mêmes tous leurs voisins. J'aurais pu croire que Carluccio n'avait pas fait de brillantes études, si je n'eusse été accoutumé à rencontrer une semblable erreur chez presque tous ses nationaux.

On venait de construire en ce moment le chemin de fer d'Albano et la conversation roula naturellement sur ce sujet. Quelle ne fut pas ma surprise d'entendre Carluccio m'expliquer en détail et avec une précision technique, le mouvement d'une locomotive, les diverses pièces qui la composent, la manière dont s'opère la traction, ce qui produit ou arrête la vitesse ! Il savait tout cela à merveille, et je compris qu'il n'avait pas perdu son temps à surveiller l'exploitation de ses biens, qu'il avait étudié les sciences appliquées, et que, s'il ne savait pas aussi bien que nous la géographie, il savait une foule d'autres choses dont nous bénéficions sans les connaître.

J'observai aussi, chez ce jeune homme, un fonds d'idées générales et élevées, qui m'étonna moins parce que je l'avais rencontré souvent chez ses pareils, mais qui dénotait en lui des études réfléchies et des aptitudes bien au-dessus du vulgaire. Je compris alors que le choix de Fiorina était très-convenable de sa part et de la part de sa mère, et que son fiancé était digne des espérances qu'elle se promettait et de l'affection qu'elle avait pour lui.

Du même coup, je découvris que le milieu dans lequel je me trouvais, m'offrait autre chose que la délicatesse des sentiments qui m'avait seule charmé jusque-là. Fiorina parlait un peu sur tout ce dont parlait Carluccio ; sa mère se mêlait avec beaucoup d'à-propos à la conversation. Il y avait, entre ces trois personnes, communauté de connaissances et d'éducation, autant que de sentiments. Ce que j'avais pris d'abord pour le reflet de cette politesse et de ces attentions vulgaires que les Italiens, d'une condition inférieure ont, généralement pour leurs hôtes, me parut désormais inspiré par des habitudes précises d'éducation et de bonne compagnie. J'oubliai la fatigue de la journée et nous causâmes fort longuement.

Quand sora Beatrice nous eut souhaité « bonne nuit, » — ce qui, en Italie, tient lieu du thé que l'on offre en signe de congé dans nos salons, —

Carlüccio se retira, après l'avoir embrassée ainsi que sa fille. Il me présenta la main, et m'offrit ses services pour faire avec moi des excursions dans les environs.

— Comment le trouvez-vous, Monsieur, me dit sora Beatrice, après son départ?

— Très-bien, je vous assure, répondis-je. Il a l'air d'avoir reçu une bonne éducation, d'avoir fait de bonnes études. Il est tout à fait digne de vous, Fiorina, et je comprends que votre cœur et celui de votre mère l'aient choisi.

— Il a été bien malheureux, le pauvre enfant, reprit sora Beatrice. Il a perdu ses parents étant encore fort jeune. Nous l'avons fait élever de notre mieux, à Rome, dans le collège Capranica. Mais il n'aimait point la vie de la grande ville. Dès que ses études premières ont été terminées, il a voulu revenir à Castello pour s'occuper de ses biens. La belle maison qui est à l'entrée du village lui appartient ; il a des terres qu'il fait cultiver; il est riche et très-respecté dans le pays à cause de l'intégrité de sa vie. Jamais il ne nous a donné aucun sujet de peine ou de chagrin. Il est sage comme une petite fille.

— Et innocent comme un ange, ait Fiorina.

Cette réflexion m'aurait beaucoup étonné de sa part, si je n'eusse déjà vécu dans la société italienne, où une jeune fille se permet aisément de parler en matronne, sans trop savoir ce qu'elle est.

— Et voilà longtemps que vous l'avez fiancé à votre fille? demandai-je à sora Beatrice.

— Depuis notre enfance, répondit Fiorina, sans laisser à sa mère le temps de répondre. Je l'ai toujours regardé comme un frère, et maintenant il me tarde qu'il soit mon époux. Mais ma mère trouve que nous sommes encore un peu jeunes pour entrer en ménage. Vous m'aiderez, Monsieur, à lui persuader qu'elle nous permette bientôt de nous unir.

Et elle embrassa sa mère fort gentiment.

— Tu ne sais pas, mon enfant, quels sont les graves devoirs que l'on contracte en devenant femme, répondit Beatrice; sans cela tu serais moins pressée. Carluccio est beaucoup plus raisonnable. Il sait que tu ne lui échapperas pas, et il attend avec patience le moment que je vous marquerai.

— Et Fra Joachino, que dit-il sur cette question? répondis-je avant d'essayer de me prononcer moi-même.

— Fra Joachino dit toujours à ma mère, répondit Fiorina, qu'il ne comprend pas ces retards et que, lorsque le fruit est mûr, il faut le cueillir.

— Je serais assez de son avis, répondis-je alors avec une parfaite assurance. Vous êtes encore jeune, Madame, et votre intérieur changera d'aspect pour vous, quand vous serez entourée de vos enfants et de vos petits-enfants.

— Brave Français, s'écria Fiorina, toute joyeuse de ce que je venais de dire. Tu vois bien, mère, que tout le monde est de mon avis.

— Allons dormir, mes enfants, reprit sora Beatrice. La nuit porte conseil.

Je rentrai dans mon appartement; mais comme je n'avais pas besoin des conseils de la nuit, je me livrai quelque temps à mes réflexions. Il me semblait que Sora Beatrice avait bien tort de ne pas vouloir marier ces deux enfants, puisqu'ils étaient l'un et l'autre aussi disposés à entrer en ménage. Si Carluccio se montrait patient à ses yeux, c'était peut-être parce qu'il espérait arriver plus sûrement à ses fins ; car, puisqu'il vivait seul, sans famille, puisqu'il aimait Fiorina à ce point qu'elle pouvait, comme elle s'en flattait, l'émouvoir à son gré, le faire passer par des alternatives de joie et de tristesse, rien ne devait lui paraître aussi voisin du bonheur que de voir au plus tôt en elle sa femme, la compagne de sa vie.

Bien qu'elle fût encore fort jeune, Fiorina me paraissait assez vigoureuse pour supporter, dès à présent, l'épreuve du mariage. Elle aimait le travail, elle avait de l'activité, de l'ordre ; sa maison serait certainement bien tenue et son ménage, où régnerait l'aisance, trouverait chez elle une bonne direction.

Puis je pensais aussi aux bons religieux avec qui j'étais entré en rapport dans la journée. Quels braves gens ! Ils vivent dans la solitude, la prière, la pauvreté. Ils gardent des tombes et prient pour les morts. Ils nourrissent des pauvres, se privant souvent du nécessaire pour venir en aide au malheur. Ils ont, au sein de l'indigence, sous des vêtements grossiers, une sérénité que rien n'altère, une finesse que rien ne déconcerte. Quel mal font-ils au monde pour ne vouloir ni de ses honneurs, ni de ses emplois, ni de ses plaisirs ? On est franchement bien injuste quand on les accuse, quand on les poursuit, quand on leur enlève la seule liberté dont ils soient avides : celle de ne pas se mêler aux affaires du temps, de prier Dieu, et de donner aux pauvres tout ce dont ils peuvent disposer.

Fra Joachino m'apparaissait avec la maigreur de son visage, les rares cheveux qu'avait conservés son front, ses mains longues et décharnées, le sourire affectueux qu'il laissa t perpétuellement errer sur ses lèvres décolorées par la maladie. Cet homme avait dû beaucoup aimer la femme dont il gardait la tombe. Il l'aimait encore, puisque rien ne lui était plus cher que de travailler sans relâche dans l'intérêt de ses deux compagnons à qui incombait la mission, — au Père Antoine du moins — de célébrer chaque jour le saint sacrifice de la messe et de réciter l'office, pour les âmes des trépassés, dont la chapelle du monastère abritait les corps.

Enfin Carluccio repassait aussi sous mes yeux. Je n'avais pu me dissimuler la préoccupation que lui avait créée ma présence à notre première entrevue, En constatant la manière affectueuse dont me parlait Fiorina, n'avait-il pas senti une atteinte de ce sentiment voisin de l'amour que l'on nomme la jalousie? J'écartais cette pensée. Il n'en est pas des mœurs italiennes comme des nôtres.

L'Italienne intelligente, comme l'était Fiorina, est une femme en qui la force de la pensée et de la conviction ne perd jamais sa prépondérance sur les sentiments les plus affectueux. Quand elle aime, c'est autant et plus par l'esprit que par le cœur. Carluccio savait cela très-certainement, et il ne pouvait éprouver le moindre ombrage à me trouver près de sa fiancée, à voir qu'elle eût pour moi des attentions et des prévenances, à s'apercevoir qu'elle me traitait déjà comme un ami.

Mais l'idée que ce sentiment aurait pu lui venir, fut cause que je compris que mon propre cœur n'y était pas absolument étranger. J'aimais aussi Fiorina, autrement, il est vrai, que Carluccio ne l'aimait, et je me surpris à désirer de pouvoir l'aimer comme lui. Le jaloux, s'il y en avait un, c'était donc moi. En réfléchissant et en creusant le plus profondément possible dans mon cœur, il me fut facile de reconnaître que je comptais, plus qu'il ne fallait, sur la supériorité de mon éducation et de ma fortune, pour empêcher que Carluccio fût à jamais le seul maître incontesté du cœur de Fiorina. Et ce sentiment me fit horreur. Pour rien au monde, je n'aurais voulu troubler les joies sereines de ces deux aimables fiancés. Je me trouvais absurde, indigne de l'hospitalité que l'on me donnait avec tant de grâce, de l'amitié que l'on me montrait avec une ingénuité si respectable. Je formai la résolution de m'observer à l'avenir, d'arrêter impitoyablement tout ce qui pourrait trahir, envers Fiorina, l'amour qu'elle m'avait inspiré. Mais, quoique bien jeune encore, je savais déjà qu'elle me désarmerait à son premier sourire, le lendemain, quand, à notre lever, elle viendrait me dire bonjour...

IV

J'étais allé à Castello pour me reposer, faire quelques excursions dans les villages environnants, profiter largement de la solitude et du grand air, et je ne trouvais pas le repos ; je sortais pour de cours instants quand sora Beatrice et sa fille ne m'accompagnaient pas, voulant surtout profiter de leur aimable société. Lorsque Carluccio venait les voir, sa présence me gênait, et je ne songeais pas que la mienne le gênait tout autant. Fiorina, sans qu'elle s'en doutât, se comportait tout à fait comme il fallait pour nous rendre jaloux l'un de l'autre. Après quelques jours, elle était aussi libre et aussi simple avec moi qu'avec son fiancé, et sa mère ne me traitait pas différemment qu'elle ne le traitait.

Je voulais rentrer à Rome et un charme irrésistible me retenait. Fiorina ne parlait plus si souvent de son mariage et des impatiences que lui causaient les retards de la volonté maternelle. Elle aimait à entendre le récit de mes voyages, qu'elle reproduisait ensuite à Carluccio, lequel y prenait, cela va sans dire, beaucoup moins d'intérêt. Elle avait une aptitude étonnante pour fouiller des situations que j'avais simplement indiquées. Peu à peu elle se fit un petit recueil de connaissances très-précises sur les mœurs des diverses provinces de France où j'avais vécu, de l'Allemagne et de l'Angleterre où j'avais voyagé en touriste. Elle en vint à connaître, aussi bien et mieux que moi, toutes les personnes dont je lui avais fait l'histoire, pour répondre à ses questions pressantes et multipliées. On eût dit qu'elle oubliait tous le reste en entrant dans ma vie et dans ce qui m'intéressait et m'occupait.

Sora Beatrice était heureuse de voir que sa fille n'était plus à la harceler constamment pour hâter le moment de son mariage. Je ne pus douter, peu de temps après, que ce ne fût le vrai motif pour lequel elle me retenait sans cesse près d'elle et de Fiorina; mais dans le principe, je crus qu'elle n'aurait pas été fâchée de voir son cœur prendre la direction du mien.

Cependant nous n'avions pas de nouvelles de Fra Joachino, et je n'oubliais pas la promesse que je lui avais faite d'aller le revoir, de le conduire même à Castello, dès qu'il pourrait faire le trajet sans fatigue. Un soir, Carluccio nous en apporta; il y était allé dans la journée; le Frère était presque entièrement guéri ; il se proposait de venir nous trouver dans quelques jours.

Pourquoi Carluccio était-il allé au couvent sans me prévenir? Ce fut une pensée qui me traversa l'esprit dès qu'il nous raconta son excursion. Et je me répondis aussitôt à moi-même: Le pauvre enfant a de la peine; c'est moi qui la lui cause; il est allé conter ses chagrins au bon Frère, il ne pouvait me prendre avec lui. Je formai aussitôt le projet d'y aller à mon tour et d'amener à Castello l'ami de Fiorina et de sa mère.

Le lendemain matin, tandis qu'elles étaient à la messe, je partis, leur laissant un billet qui leur annonçait que j'étais allé profiter de la fraîcheur du matin et que je ne rentrerais probablement qu'à midi. Je pris avec moi un ânier, à qui j'avais loué deux ânes pour la journée. Je pensais que Fra Joachino pouvait faire ainsi plus facilement la route et qu'on le ramènerait le soir de la même manière.

Le bon Frère me reçut avec courtoisie; mais j'eus d'abord beaucoup de peine à le décider à venir avec moi à Castello. Le Père Antoine plaida ma cause, et il la gagna, tandis que je l'aurais infailliblement perdue. En côtoyant le lac, Fra Joachino m'avoua cependant que la promenade semblait lui faire du bien, et, comme il était fort poli, il me remercia amicalement de l'acte de charité que je faisais pour lui.

Comme nous parlions français et que l'ânier qui nous suivait ne pouvait pas comprendre notre conversation :

— Mon enfant, me dit-il, quand comptez-vous rentrer à Rome ?

A la manière dont cette question me fut posée, je compris que le Frère allait me faire subir un interrogatoire sur nos rapports avec ses amies. Je lui répondis que je rentrerais à Rome, dans une vingtaine de jours, lorsque j'aurais terminé le temps de ma villégiature.

— C'est un peu loin, me dit-il. Mais il n'insista pas sur ce mot qui aurait pu, sans mes dispositions, passer pour moi inaperçu.

Il continua :

— Et serez-vous à Rome pour longtemps ?

— Je ne sais trop, Frère. Il est possible que j'y reste deux ou trois ans. Je viendrai vous revoir, car j'ai été trop bien accueilli à Castello.

— Trop bien, oui, me dit le Frère, sans me laisser achever. Vous ne vous doutez pas de ce que votre présence chez sora Beatrice a causé de peine au pauvre Carluccio. Je vous crois un homme d'honneur, et c'est pourquoi je me permets de vous faire cette confidence. Carluccio est venu me trouver hier. Il pleurait comme un enfant : il croit que Fiorina est perdue pour lui.

— En homme d'honneur, Frère, lui dis-je aussitôt, je dois vous avouer que je me doutais un peu de ce que vous venez de me dire. Plus d'une fois, j'ai été tenté de partir ; car, je vous l'avoue, s'il est vrai — ce dont je doute encore — que Fiorina ait une véritable amitié pour moi, une amitié qui soit de nature à effrayer son fiancé, il est vrai — et ceci je n'en puis douter — que j'en suis venu à l'aimer de tout mon cœur et à ne point avoir le courage de me séparer d'elle.

— Pauvre enfant ! me dit-il, en roulant une grosse larme dans ses yeux. Quel malheur pour vous tous, oui, pour vous tous, pour sa mère, pour elle, pour Carluccio et pour vous !

Il se fit entre nous un long silence.

Le Frère reprit ensuite :

— Laissez-moi revenir au monastère. Je ne puis me décider à aller passer une journée au milieu de cette excellente famille, en l'état où en sont les choses. On verrait que je suis triste ; on me ferait peut-être parler, et je n'ai pas eu le temps de réfléchir suffisamment.

J'insistai pour qu'il renonçât à sa résolution. Il voulut s'arrêter quelque temps, me pria de le laisser seul avec le bon Dieu, pendant une heure, ordonna à l'ânier de faire brouter ses ânes dans la forêt, et me dit de venir le reprendre quand il m'appellerait.

Je me promenai, triste et pensif, tantôt regrettant l'aveu que je venais de faire, tantôt, excité par mon amour, je me consolais et me disais qu'après tout Fiorina était libre et pouvait choisir entre Carluccio et moi. Mais la réflexion revenant, je comprenais que si elle était libre, moi-même je ne l'étais pas. Mon père, ma mère, que diraient-ils si j'allais leur proposer un pareil mariage ? N'était-ce pas une folie que d'y avoir simplement songé ? Je formais les projets les plus étranges, et ils me paraissaient tous très-naturels, tant mon amour s'était excité par le simple aveu que je venais d'en faire. Non, jamais Fiorina ne pourait être heureuse avec un autre comme elle le serait avec moi. Jamais je ne pourrais être heureux sans elle. A vingt ans, que n'invente t-on pas quand le cœur a parlé ! Je n'avais jamais eu le goût de la vie monastique ; mais si Fiorina interrogée me préférait Carluccio, peut-être n'avais-je d'autre parti à prendre que d'aller m'enfermer dans un cloître pour y pleurer mon chagrin en attendant la mort. Je repoussais cette pensée, tant je croyais être sûr des préférences de Fiorina. Pourquoi les temps ont-ils marché ? Au moyen âge, j'aurais pu provoquer Carluccio ; nous aurions ensemble vidé la question au champ d'honneur. Aujourd'hui, ce n'était pas possible, et je me prenais à éclater de rire en supputant l'effroi de mon rival si j'osais lui offrir des armes et l'appeler en champ clos. Le rire fait du bien, en pareille rencontre : les éclats qu'il me fit produire amenèrent un dégagement dans mon cœur ; je finis par rire de moi-même, et lorsque le Frère me rappela, il eut l'air très-étonné de me surprendre en un véritable accès de gaieté sur lequel il comptait peu après ma déclaration.

Il n'était pas homme à ne savoir pas profiter d'une situation pareille :

— Toujours gais, les Français, me dit-il, toujours gais. Eh ! bien, moi aussi, je suis gai après la prière que je viens de faire. La joie est une lumière, mon enfant; c'est le signe de l'esprit de Dieu. Quelle bonne journée nous allons passer ensemble à Castello ; et l'on ne nous attend pas?

— Non, mon Frère, je me suis bien gardé de dire que j'allais vous chercher. J'ai voulu que la surprise fût plus complète.

Arrivés à quelques pas du village, les enfants qui jouaient sur la route allèrent annoncer que Fra Joachino était là, qu'ils l'avaient vu, qu'il allait bien et qu'il arrivait sur un âne, en compagnie du Français. Tout le monde sortit et se précipita à notre rencontre :

— Quelle bénédiction ! disaient les femmes. Il va bien, il est guéri ! s'écriaient les hommes.

On l'entourait, on lui serrait la main. Un moment les ânes ne pouvaient plus avancer. Carluccio seul manquait à la fête. Fiorina courut à sa maison pour l'appeler. Une femme lui répondit qu'il était parti de bonne heure et qu'il n'avait pas dit quand il reviendrait. C'était une fête dont on n'a pas d'idée dans tout le village. Chacun voulait recevoir le Frère. Je leur dis que je l'emmenais chez moi, mais qu'après qu'il se serait un peu reposé, il irait les voir tous. Lui-même pouvait à peine parler, tant cette réception cordiale lui causait de bonheur. On aurait envahi la maison de sora Beatrice, si le Frère, à qui l'on était accoutumé à obéir, n'avait dit qu'il désirait se reposer un peu, et promis qu'il irait voir bientôt tout le monde sur la place du Palais.

Je laissai le Frère avec Fiorina et sa mère, pensant bien qu'on allait prendre une décision à mon sujet.

Une heure après, sora Beatrice vint m'appeler :

— Monsieur, me dit-elle, le Frère et ma fille veulent vous entretenir d'une affaire très-sérieuse.

Il y avait un nuage sur la physionomie ordinairement si sereine de cette femme. Je retrouvai, en entendant le son de sa voix, qui n'avait plus son calme ordinaire, toutes les émotions d'un amour qui allait être brisé. Je me vis aussitôt congédié, et je compris tous mes torts, sans pouvoir me convaincre d'une manière absolue qu'ils fussent bien réels.

Quand j'entrai au salon, où m'attendaient le Frère et Fiorina, je devais avoir l'air hébété qu'avait pris Carluccio à notre première rencontre, cet air d'un homme qui va subir une condamnation avec la certitude de n'en pouvoir appeler. Mais Fiorina me rassura aussitôt. Elle avait eu soin de se placer en face de la porte par où je devais entrer, un peu en arrière par rapport au Frère, et elle me lança un regard si intelligent que je compris qu'il n'y avait qu'à la laisser faire pour me tirer de ce mauvais pas.

—Asseyez-vous, mon enfant, me dit le Frère avec beaucoup de douceur ; nous avons un conseil à vous demander. Vous êtes déjà l'ami de Fiorina et de sa mère ; vous connaissez le monde, quoique encore bien jeune. Vous savez combien les gens sont méchants, même ces bonnes gens qui m'ont si bien reçu tout à l'heure. On a été étonné de votre présence ici, et l'on s'est demandé si, votre âge se rapprochant beaucoup de celui de Fiorina, il était bien convenable que vous continuiez à rester dans cette maison.

Fiorina me faisait signe de ne rien dire et de la laisser faire. — Il y aurait un moyen, continua Fra Joachino, de faire cesser tous les commérages qui se sont produits à ce sujet, et sora Beatrice l'accepterait maintenant : ce serait de marier Fiorina à son fiancé. On comprendrait alors que vous n'êtes qu'un ami et les langues s'arrêteraient.

Fiorina ne me faisait plus aucun signe, je compris que je pouvais parler :

— Mais, oui, Frère, ce moyen me paraît très-convenable. Je sais que Fiorina désirait ardemment que son mariage eût lieu le plus tôt possible. — Fiorina me fit les gros yeux. — Je serais enchanté que l'on s'arrêtât à cette résolution, et si l'on m'admettait à la noce, comme ami, je serais heureux d'y participer.

Je voulais avant tout sauver ma situation et ne pas me laisser congédier. Cependant, je ne vis pas sans regret l'émotion que mes paroles produisaient sur la jeune fille. Comme elle se dominait parfaitement, en vraie Italienne, comme elle n'était pas capable de renoncer aux ressources qui s'offraient à son esprit, son émotion fut très-rapide ; elle comprit que je ne pouvais pas parler autrement que je l'avais fait, et elle reprit avec un sang-froid merveilleux :

— Eh ! bien, Frère, nous sommes tous d'accord : il ne manque que le consentement de Carluccio. Mais qui sait où il est allé ? Qui sait même quand il reviendra ? Partir ainsi, sans me prévenir ! Il m'en fera bien d'autres quand je serai sa femme. Enfin le destin le veut ainsi.

— Mais toi aussi, je l'espère ? dit le Frère, tout

étonné de lui trouver un ton légèrement rogue qu'elle n'avait jamais pris avec lui.

— Ah! moi?.. Je veux ce que veut ma mère, ce que veut le destin, ce que vous voulez tous, ce que Monsieur, qui n'est ici que depuis dix jours, veut avec vous.

— Oh! moi, Fiorina, repris-je aussitôt, je ne m'en mêle pas.

— Vous vous en mêlez si bien que vous êtes cause de tout, me dit-elle avec une feinte colère, contre laquelle elle eut soin de m'avertir par un signe très-intelligent.

— Alors, tu ne veux plus te marier? reprit le Frère.

— Oh! si, si, mariez-moi tant que vous voudrez. Mais, encore un coup, nous ne pouvons rien décider sans Carluccio. Et s'il ne voulait pas, lui? Il serait peut-être assez bête pour ça, continua-t-elle avec vivacité. Depuis que Monsieur est ici, il est devenu maussade comme il n'e-t pas possible de le dire. Tu es parti, va, bon voyage, et reviens le plus tard que tu pourras.

Après la violence de cette sortie, vinrent les larmes, les larmes qui me la montraient sous un aspect nouveau pour moi. Elle sut les comprimer et comme si elle avait trouvé un moyen de terminer à l'amiable le différend:

— Maintenant, dit-elle, que vous m'avez tous donné vos conseils, laissez-moi vous donner le mien. — Elle se leva pour appeler sa mère : — Viens, mère, lui dit-elle gaiement, en la prenant sous le bras, viens écouter la sagesse qui va parler par la bouche de ta fille. Tu ne voulais pas, il y a quelques jours que je songeasse encore à me marier. Tu me disais que j'étais trop jeune et que Carluccio n'était pas encore assez vieux. Tu as changé d'avis

subitement pour un motif que je ne veux pas dire.
Eh! bien moi, je comprends maintenant que Carluccio est encore trop jeune et que je ne suis pas
assez mûre pour que notre mariage soit prochai-
nement célébré. Il y a quelque temps, j'avais mes
papillons noirs. Aujourd'hui, c'est Carluccio qui a
les siens. Il faut qu'il en guérisse comme je me suis
guérie des miens; et pour en guérir, dit-elle avec
un inexprimable enjouement, il ne faut pas suppri-
mer la cause qui les a produits, — et elle me regardait avec autant d'intelligence que d'assurance
de triompher, — car cette cause pourrait revenir
sous peu et provoquer de plus détestables effets
que ceux d'aujourd'hui; il faut conserver, au contraire, cette cause le plus longtemps que nous le
pourrons, afin que l'esprit de Carluccio s'habitue à
ne plus concevoir des idées absurdes comme celles
qu'il a, et que surtout elles ne lui reviennent pas
après le mariage.

Nous nous regardions tous trois de manière à
nous dire, sans nous parler, que Fiorina avait parfaitement raison.

— Avant de me répondre, Monsieur le Français,
— car c'est vous qui devez répondre, puisqu'on
vous a pris pour arbitre, — il faut que vous sa-
chiez qu'une Italienne ne ressemble pas aux Fran-
çaises dont vous m'avez quelquefois conté les aventures. Quand une Italienne a donné sa parole et
son cœur, c'est fini. Je suis fiancée à Carluccio, et
je serai sa femme, à moins... — Ses yeux se voi-
lèrent légèrement, mais le nuage se dissipa bien
vite — Mais avant d'être sa femme, je veux qu'il
soit digne de moi; je veux avoir acquis le droit de
montrer une amitié vraie à un ami, sans que mon
mari en prenne ombrage; n'ai-je pas raison?

— Je vous approuve Fiorina, et je vous remercie.

Sora Beatrice et Fra Joachino approuvèrent aussi.

— Tout est bien qui finit bien, dit le Frère. Tu as raison, Fiorina ; venez tous les deux avec moi voir les bonnes gens qui m'ont fait un si parfait accueil et qui m'attendent. En me voyant au milieu de vous, les mauvaises langues se tairont, et quand Carluccio reviendra, il sera à moitié guéri de son mal, en apprenant comment Fiorina a tout arrangé.

V

Plusieurs jours se passèrent sans que Carluccio reparût. Je commençais à m'inquiéter de son absence, et je voyais que sora Beatrice en était aussi fort préoccupée. Quant à Fiorina, lorsqu'il nous arrivait d'en parler en sa présence, elle affectait une très-grande indifférence et presque du dédain.

— Il soigne ses papillons noirs, disait-elle, dans quelque couvent peut-être, à Rome ou ailleurs; mais soyez sans inquiétude, il reviendra.

On ne pouvait douter qu'elle ne se sentît sur lui une très-grande influence, et qu'elle ne fût, à cause de cela même, très-convaincue de ce qu'elle disait.

Je ne connaissais les environs que jusqu'à Albano. Fiorina arrangea une partie pour Galloro, dans le genre de celle que nous avions faite au couvent. Sa mère s'y prêta. Je compris bien que, de sa part, ce n'était pas un simple motif de distraction, mais un but de pèlerinage. La Madone de Galloro est très-célèbre dans toute la contrée. Il fut décidé que nous partirions de grand matin et que nous irions entendre la messe à Galloro. J'offris de faire amener des ânes : on ne voulait d'abord pas les accepter ; puis on s'y décida et l'on ajouta que l'on pourrait ainsi plus facilement aller faire ses dévotions à Galloro.

A peine entrés dans la petite église, quel ne fut pas notre étonnement de voir arriver Fra Joachino. Il venait remercier la Madone de sa guérison, et il allait reprendre ses quêtes dans le pays. Lorsque Fiorina, sa mère et le bon Frère eurent terminé leurs prières, nous fîmes approcher nos ânes ; je donnai le mien au Frère, malgré ses résistances à l'accepter, et nous prîmes la route du lac de Némi, sur les bords duquel nous voulions aller déjeuner. Ce lac est, à mon avis, bien plus gracieux encore que celui de Castello. Mais je ne voulus pas exprimer mon opinion devant des personnes qui exaltaient les avantages de celui près duquel la Providence avait placé leur berceau.

On ne tarda pas à parler de Carluccio et de l'ennui que causait à tous son absence prolongée.

— Il pourrait bien se faire, dit Fra Joachino, qu'il fût allé faire une retraite chez les Camaldules de Frascati. Il m'en exprima le désir quand il vint me voir. Croirais-tu, Fiorina, qu'il voulait y aller étudier sa vocation ? Sa persuasion que tu ne demandais pas mieux que de le voir disparaître était telle, qu'il avait la pensée, — pensée d'enfant, — d'essayer de la vie des Camaldules et de voir s'il pourrait s'y accoutumer.

Cette fois, Fiorina ne put dissimuler son émotion, et sora Beatrice eut beau se cacher, je vis très- bien qu'elle était très-affectée de cette annonce.

Le Frère s'empressa d'ajouter :

— Ne craignez rien : le supérieur de ce mo-

nastère est un homme aussi intelligent que sage;
il ne le garderait pas, quand même Carluccio
voudrait y rester.

Avec une vivacité toute française:

— J'irai le chercher demain, s'il n'est pas rentré
ce soir chez lui, m'écriai-je. Je verrai d'abord le
supérieur; je lui raconterai ce qui s'est passé: je
le mettrai au courant de ce que Carluccio aurait
pu ne pas lui dire d'une manière assez claire; je
vous le ramènerai, vous pouvez en être certaines.

Quelque confiance qu'elles eussent en moi, les
deux femmes, après m'avoir remercié du projet que
je venais de concevoir et de leur exprimer, ne
furent pas sans me laisser apercevoir combien la ré-
vélation de Fra Joachino les inquiétait:

— Il vaudrait peut-être mieux, lui dit sora
Beatrice, que vous alliez le chercher vous-même,
Frère. Qui sait si la vue de Monsieur n'ajoutera pas
à son trouble et ne lui fera pas prendre une résolution énergique de ne plus revenir.

— Mais non, mère, reprit Fiorina. Je préfère de
beaucoup que ce soit Monsieur qui nous le ramène.
La guérison sera plus radicale.

Et elle retrouva un sourire confiant en exprimant
cette dernière pensée.

Cette heureuse disposition ne dura pas, et j'étais
menacé de passer une journée fort triste. Je regardai
ma montre; il n'était que neuf heures.

— Pourquoi, dis-je alors, n'irais-je pas maintenant? Je trouverais bien un cheval à Albano.
Voulez-vous venir avec moi, mon Frère? Je prendrai
une voiture En moins de deux heures, nous arriverons à Frascati. Des ânes nous monteront à
Camaldoli, et la voiture nous ramènera, tous les
trois, à Castello avant le coucher du soleil. Et si
vous veniez aussi, Mesdames?

Ce projet souriait à Fiorina.

— Que dira-t-on à Castello, en nous voyant passer en voiture ? objecta sora Beatrice.

— On dira ce qu'on voudra, répliqua Fiorina. Mais... non ; il vaut mieux que nous laissions Monsieur y aller seul.

— D'autant, ajouta Fra Joachino, que moi je n'ai pas le temps aujourd'hui. Il faut que j'aille faire ma quête ; le couvent en a bien besoin. Et je crois que Monsieur réussira mieux, à lui seul, que nous tous ensemble.

— Et puis, reprit alertement Fiorina, ce serait assez drôle , de ma part et de la part de ma mère, d'aller chercher nous-mêmes mon fiancé.

Et ce disant, elle ne se contenta plus de sourire ; elle rit à cœur-joie.

— Eh ! bien, je pars. A ce soir, le plus tôt possible. Comptez sur tous mes efforts pour... vous rejoindre sans retard. Quant au reste, je suis sûr de réussir.

— Que Dieu vous accompagne ! me dirent-ils tous en même temps.

La brise s'était levée et tempérait très-agréablement les ardeurs du soleil. A peine étais-je entré à Albano, que je trouvai une voiture qui venait d'y conduire des étrangers et qui reprenait le chemin de Frascati. J'y montai, sans m'inquiéter de savoir comment je reviendrais le soir : je connaissais assez Frascati pour n'être pas en peine.

Je descendais vers le pont de Marino, lorsque je rencontrai un de mes amis, peintre paysagiste, avec qui j'avais logé à l'*Hôtel de Londres* de Frascati, et qui y rentrait après avoir pris quelques vues des environs. Je lui offris une place et je lui racontai, chemin faisant, toute l'histoire que l'on vient de lire :

— La drôle d'équipée que tu vas faire là ! me

dit-il. Sais-tu bien à quoi tu t'exposes? Cet im-
bécile d'Italien serait très-capable, à votre retour,
de te donner un coup de stylet, en récompense
de la bonne action que tu auras accomplie en sa
faveur, ou plutôt en faveur de sa fiancée; car
j'imagine bien que ce n'est pas pour lui que tu te
donnes le plaisir de rouler à travers la poussière et
par cette atroce chaleur. Suis mon conseil.
Déjeunons à Frascati; je t'accompagnerai ensuite à
Camaldoli; je connais le prieur, et je ne te lais-
serai pas avec cet individu, supposé que tu le
ramènes; je te reconduirai jusqu'à Castello. Cela
me procurera le plaisir de voir ta belle hôtesse et
sa fille. Puis je reviendrai, au clair de lune, avec la
voiture qui nous aura conduits.

Mon ami avait-vingt cinq ans. Il connaissait
mieux que moi l'Italie et les Italiens. Je me serais
rendu à son désir, si je n'avais pas été pressé de
mener les choses aussi rondement que possible et
de rentrer à Castello au plus tôt.

— Eh bien, lui dis-je, je ne crois pas que tes
craintes soient fondées. Mon fugitif est un honnête
garçon. Il m'a cédé la place, sans dépit, je crois,
puisqu'il est allé s'enfermer dans un couvent. En
voyant que c'est moi qui veux la lui rendre...

— Innocent! s'écria mon ami. Tu ne connais
pas ces gueux-là. Plus on a de bontés pour eux et
plus ils éprouvent le besoin, un vrai besoin naturel,
d'être ingrats et méchants. Je ne te lâche pas,
jusqu'à ce que je t'aie ramené à Castello; et, si tu
m'en crois, une fois les choses arrangées, tu partiras
au plus vite pour Rome. Sors de ce guêpier au
plus tôt, et laisse-moi cette petite capricieuse filer
avec son fiancé des jours d'autant plus heureux
que tu seras plus loin.

J'insistai sur les vertus de sora Beatrice et de sa

fille, sur la candeur de Carluccio, sur la part que Fra Joachino prenait à la conduite de toute cette affaire.

— Tiens, me dit-il, il y a un moine là dedans ? Il n'y manquait que cela. Tableau ! Oui, j'en ferais une toile, si je ne m'étais voué à la profession exclusive de paysagiste. Sache bien, mon très-cher, qu'il n'y a de beau ici que la nature, et que tous ces Italiens, moines, veuves, ingénues, lourdauds, ne valent pas la corde pour les pendre. Vois-tu cet affreux drôle en haillons — il me montrait un paysan qui revenait des champs avec sa faucille — cela fait très-bien dans un tableau de Léopold Robert, et c'est horrible dans la réalité. Eh ! bien, c'est l'image de ce peuple.

— Mais, repris-je, si nous allions déjeuner ensemble à Camaldoli ?

— Comme tu voudras. Seulement, je te préviens qu'on y meurt de faim. Cependant cela m'est assez égal pour une fois, et puis nous arriverons ainsi à Castello assez à temps pour que ton hôtesse puisse nous préparer un bon dîner.

— Excellent, je te le promets, surtout si nous ramenons Carluccio. Et tu verras le charmant intérieur ! Sora Beatrice est une femme accomplie ; sa fille, Fiorina, est une vraie fleur à peine épanouie, mais dégageant un parfum d'intelligence et de candeur...

— Tu es pincé, mon petit... je ne serai content qu'après t'avoir dégagé de leurs serres. Ce sont des harpies que tes yeux de vingt ans prennent pour des sirènes. Je connais ces oiseaux-là, et je souhaite que tu n'apprennes pas à les connaître à tes dépens.

L'essentiel pour moi était de trouver Carluccio et de le ramener. Mon amitié pour Fiorina avait pris la forme du dévouement en voyant ses beaux yeux se mouiller de larmes, tandis qu'elle craignait, encore faiblement, de perdre son fiancé.

Nous arrivâmes aux Camaldules. Le prieur quitta l'office pour nous recevoir dès qu'on lui annonça mon ami. Ce dernier m'avait conté son histoire : c'était peut-être le seul moine pour qui il eût une véritable estime, probablement parce qu'il le connaissait mieux qu'aucun autre. Il était grand et beau, avait les manières distinguées d'un noble romain, un langage calme et correct : on reconnaissait en lui les traces d'une haute naissance et d'une éducation soignée.

Mon ami lui exposa l'objet de notre visite :

— Le pauvre ! nous dit-il, oui, il est ici depuis quelques jours ; mais il ne peut pas y rester. Il est triste, mélancolique, ne sort pas de sa cellule, manque absolument de l'énergie et surtout de la gaieté qui sont nécessaires à nos moines. Je vais le prévenir que vous êtes là : je lui dirai le motif qui vous amène.

Nous nous promenâmes quelques instants dans l'enceinte du monastère, et je pus examiner, dans tous leurs détails, cet ensemble de maisonnettes, petits ermitages, qui le composent. Les Camaldules vivent en ermites et ne sont moines qu'à l'église. Chacun a une petite maison, où l'on pénètre par un jardin. Elle se compose de trois pièces de deux mètres de long sur deux de large, et qui portent chacune un nom. Il y a l'Enfer, c'est là que le Camaldule tient son bois. — le Purgatoire, c'est là qu'il couche et qu'il travaille, — le Paradis, c'est son oratoire. Ils ont tous un puits dans leur petit jardin ; ils puisent de l'eau tous de la même manière, avec une cruche attachée à une corde. Je remarquai aussi le soufflet dont ils se servent :

c'est un roseau percé dans sa longueur et qui attise le feu beaucoup mieux que nos instruments perfectionnés.

Nous entrâmes dans le premier ermitage qui s'offrit à nous, et nous y rencontrâmes un vieux moine qui était là depuis quarante-cinq ans. Il nous fit les honneurs de sa demeure, et, comme il connaissait mon ami et que ce dernier, pour s'amuser, m'avait fait passer auprès de lui pour un secrétaire d'ambassade :

— O bonheur ! me dit-il. Vous pourriez peut-être me rendre un grand service.

Mon ami me fit signe qu'il fallait continuer la plaisanterie.

— Je ne demande pas mieux, Père, si c'est en mon pouvoir. De quoi s'agit-il ?

— Eh ! toujours du même objet, reprit-il en regardant mon ami, qui fut tout de suite au fait. Si Monsieur pouvait nous procurer un passe-port pour l'Algérie, pour... vous savez, vous ?

— Oui, oui, reprit mon ami, pour ce mauvais sujet qui a tué un homme à Castello dernièrement, et qui s'est réfugié ici afin de profiter du droit d'asile accordé par la loi aux couvents.

— Oh ! il n'est pas mauvais, dit le Père ; c'est la violence...

— Mais il est coutumier du fait, reprit mon ami.

— Eh ! bien, une autre fois... Mais l'homme n'en mourut pas... Oh ! quel service vous nous rendriez et vous rendriez à sa famille !

— J'y penserai, Père. Au revoir, priez pour nous.

Le prieur nous rejoignit.

— Tu vois, me dit en français mon ami, ce que sont ces gens-là ?

Puis s'adressant au prieur :

— Nous n'avons pas déjeuné, Père.

Le prieur parut enchanté de pouvoir nous offrir l'hospitalité, et quand il eut donné ses ordres, — ce fut l'affaire d'un instant, — il revint à nous et nous dit que Carluccio avait demandé à réfléchir.

— J'ai cru comprendre, ajouta le Père prieur, que votre présence dans la maison de sa fiancée était le principal obstacle à son retour à Castello.

— Mais, ne veut-il pas me voir, Père ? Je lui expliquerais tout ce qui s'est passé ; il est intelligent...

— Croyez-vous ? me répondit le prieur avec beaucoup de finesse.

— Ton Carluccio n'est qu'un lourdaud, mon cher, me dit vivement mon ami.

— Non, dit le Père ; il n'est pas absolument bête, mais il est hébété en ce moment. Peut-être en cet état la solitude lui fera-t-elle du bien. Rassurez sa fiancée, et affirmez-lui, de ma part, que nous ne le lui garderons pas. Ici, il nous faut des gens qui aient plus de ressort que n'en a ce brave enfant. Il est créé et mis au monde pour devenir un excellent époux, surtout l'époux d'une femme intelligente, et si Fiorina est la digne fille de sa mère, c'est tout à fait ce qu'il lui faut.

Nous allâmes déjeuner. J'espérais toujours que Carluccio finirait par se montrer. Il ne parut pas. Mais le Père, qui nous avait laissés seuls pendant que nous déjeunions, dut, sans doute, lui persuader qu'il devait me charger au moins d'une lettre pour sora Beatrice, puisqu'il ne pouvait se décider à nous suivre. J'étais très-ennuyé d'avoir presque complétement échoué dans ma mission ; quand le Père prieur me remit cette lettre, mon ennui en fut diminué. Il me semblait que je n'avais pas tout à fait perdu mon temps : j'étais d'ailleurs enchanté d'avoir fait connaissance avec l'ermitage de Camaldoli, et je me promettais d'y revenir.

Mon ami voulait me retenir à Frascati. Je le priai de m'excuser, pressé que j'étais de rentrer à Castello Il chercha à me persuader de retourner à Rome au plus tôt. Je vis très-clairement qu'il craignait qu'il ne m'arrivât malheur. Avant de me laisser remonter en voiture, il exigea que je prisse son revolver.

— Je n'en ai pas besoin, me disait-il; il peut t'être utile. Tu auras soin de faire savoir, soit à ton cocher, soit aux gens de la maison que tu habites, qu'il est en ta possession. Tu me le rendras à Rome, où je rentrerai dans trois jours, et où j'espère bien que tu ne tarderas pas à me rejoindre.

VI

Je suivis le conseil de mon ami, et, à peine monté en voiture, je sortis mon revolver et le montrai au cocher, qui m'en parut très-effrayé. Les Italiens en ont une peur horrible. Sa frayeur me rassura: je commençai à croire que j'arriverais à Castello sain et sauf. En moins d'une heure, j'y arrivai, en effet, grâce, sans doute, à l'effroi de mon cocher à qui il tardait de se débarrasser de moi.

Fiorina était à la fenêtre de sa chambre. Ses yeux eurent bien vite aperçu que j'étais seul dans la voiture. Je lui montrai ma lettre, comme pour lui faire entendre que ma course n'avait pas été absolument sans résultat; et en la tirant de ma poche, j'eus soin d'en retirer aussi mon revolver. Les gens du pays, qui entouraient la voiture, le virent, et, au lieu de m'adresser la parole comme ils le faisaient assez souvent, se retirèrent lentement tandis que je réglais avec mon cocher.

— Qu'est-ce que cela? me dit Fiorina, avant même de s'informer du résultat de mon entreprise. Et elle allait le prendre, lorsque je lui dis: —Gardez-vous de le toucher; c'est la mort — elle recula d'horreur; — avec cela on peut tuer six hommes à la fois.

— Et vous allez entrer cela chez nous ? — reprit-elle.

— Il n'y a aucun danger. Voyez. Et je le mis dans ma poche. — Cela ne me servirait que si j'étais attaqué, si j'avais à me défendre.

Elle fut rassurée par la tranquillité avec laquelle j'avais manié et renfermé cette arme terrible. Pauvre enfant ! Il fallait bien que je fusse sous le coup d'une peur atroce pour avoir osé lui causer ce léger sentiment de frayeur. J'avoue que mon ami et l'histoire de l'assassin de Castello, réfugié chez les Camaldules, m'avaient impressionné au dernier point.

Dès que nous fûmes en présence de sora Beatrice : — Carluccio est à Camaldoli, leur dis-je : je ne l'ai pas vu ; je crois qu'il n'a pas voulu me voir, mais il m'a fait remettre par le prieur cette lettre pour vous, sora Beatrice, et le prieur m'a affirmé, Fiorina, qu'il vous rendrait sous peu votre fiancé, parce qu'il ne reconnaissait en lui d'autre vocation que celle d'être votre époux.

— Et que fait-il là ? me dit Fiorina, tandis que sa mère lisait sa lettre.

— Il paraît qu'il s'est enfermé dans l'un des petits ermitages que vous connaissez probablement, et qu'il n'en sort pas.

— Tiens, ma fille, lis. Allons, ce ne sera rien, dit sora Beatrice. Mais, au fait, nous pouvons bien vous lire cette lettre, Monsieur ; nous le devons même, après ce que vous avez fait pour nous.

Et elle lut :

« Ma mère, vous me pardonnerez d'avoir eu un mauvais moment, et de m'en être allé sans vous

avertir, sans vous avouer le motif de mon départ.
Fiorina me pardonnera aussi. Je serais revenu
avec Monsieur le Français, si j'avais osé reparaître
devant vous avant que vous m'en ayez donné
l'ordre. Mais demain, après-demain, quand vous
voudrez, écrivez-moi que vous me pardonnez;
promettez-moi l'une et l'autre de ne pas me parler
de la sottise que je viens de faire; que Monsieur
me promette de rester encore quelque temps à
Castello. Je reviendrai aussitôt et je ne vous
causerai plus la moindre peine à l'avenir. Si vous
vouliez me prouver que vous me pardonnez parfaitement toutes deux, vous me diriez, dans votre
lettre, que notre mariage aurait lieu avant le retour de Monsieur le Français à Rome. Ma joie
serait complète; mais je n'ai pas mérité tant de
bonheur ! »

— Ah ! je le savais bien, dit Fiorina, qu'il reviendrait. Les papillons se sont envolés, Sor Carluccio. Eh bien, mère, il faut lui répondre ce soir.
Qui sait si le voiturin de Monsieur est parti. Il
pourait emporter la lettre. Je vais la faire, n'est-ce
pas, mère ?

— Non, ma fille, répondit sora Beatrice. C'est à
moi qu'il a écrit ; c'est moi qui dois lui répondre.

Et elle se mit en mesure de le faire, tandis que
Fiorina allait s'informer si mon voiturin n'était
pas reparti. Je rentrai dans mon appartement,
tout désireux que je fusse de connaître la réponse
qu'on adressait à Carluccio.

— Le voiturin ne partira que dans une heure, dit,
à très-haute voix, Fiorina à son retour. J'aurais le
temps, mère, si tu le permettais, d'écrire aussi quelques mots à Carluccio.

Peu de temps après, Fiorina et sa mère entraient

dans ma chambre, et sora Beatrice me lisait ce qu'elle venait d'écrire :

« Tout sera oublié, cher enfant, dès que tu reviendras. Je ne demande pas mieux que de célébrer très-prochainement votre mariage ; mais les formalités à remplir demanderont peut-être plus de temps qu'il ne doit s'en écouler avant le retour de Monsieur à Rome. Encore sera-t-il possible d'arranger cela. L'essentiel est que tu reviennes le plus tôt possible. Nous t'attendons, tous trois, demain soir, à souper. Fiorina et sa mère t'embrassent. »

— Ajoutez, je vous pris, Madame, que je lui serre la main.

— Et moi aussi, je vous serre la main, me dit Fiorina, en sautant comme une gazelle.

La lettre venait de partir, lorsque nous entendîmes un grand bruit dans le village. C'était le Pape Pie IX qui arrivait à Castello. La population tout entière, à laquelle s'étaient joints un grand nombre de gens d'Albano, se pressait sur son passage, entourait sa voiture, lui jetait des fleurs et criait : « Evviva Pio nono! » Le Pape voulut se donner à ces braves gens ; il descendit de voiture, et alla à pied jusqu'à son palais. Le syndic du village vint le haranguer dans la cour. J'assistai à la scène en compagnie de Fiorina, qui trouvait tout cela magnifique, et de sa mère, qui ne manqua pas de me faire observer que le syndic était l'oncle de Carluccio et que la présence du Pape à Castello pourrait permetre de hâter le mariage de sa fille.

Le soir, le village devait être illuminé. Je travaillai, avec mes hôtesses, aux préparatifs. Leur maison fut, grâce à nos soins réunis, l'une des plus belles. La présence du Pape avait fait diversion aux préoccupations de Fiorina et de sa mère.

Cependant, lorsque les illuminations furent sur le point de s'éteindre et que l'heure vint où nous devions nous retirer dans nos appartements, sora Beatrice me retint :

— Il me serait facile, me dit-elle, puisque le Pape est ici, de marier ces deux enfants plus tôt que je n'osais l'espérer. Le Pape a l'habitude d'accorder toutes les faveurs raisonnables qu'on lui demande. Il aime d'ailleurs beaucoup Fra Joachino, et par lui et par le syndic nous pourrions obtenir ce qui serait nécessaire. Que pensez-vous de ce projet ?

— Je pense, répondis-je, qu'il faut le mettre à exécution. A quoi bon ces retards toujours très-ennuyeux qui précèdent le mariage. Ces deux enfants, vous le voyez, Madame, sont aussi pressés l'une que l'autre d'en finir. Si vous le voulez, j'irai demain matin chercher le Frère à son couvent.

— Ce n'est pas nécessaire, reprit-elle. Il sait, à coup sûr, que le Pape est ici, et il arrivera à Castello demain de bonne heure ; nous le verrons avant qu'il ne soit reçu par le Saint-Père. Le syndic dînera aussi probablement demain au château ; de sorte que les deux suppliques pourraient être preparées dans la matinée ; les grâces obtenues, nous célébrerions le mariage un de ces jours.

Le lendemain matin, Fra Joachino arriva, en effet, de très-bonne heure à la maison. Il avait un froc neuf, s'était fait raser, avait bonne mine, ne ressemblait en rien au moine malade ou convalescent que je connaissais. Sora Beatrice était en train de lui exposer ses projets, lorsque parut Carluccio. Son entrée n'eut rien de gêné. Il me tendit la main après avoir embrassé Fiorina et sa mère, et après avoir serré celle du Frère.

— Sais-tu ? lui dit Fiorina, en passant la main dans ses cheveux, on a envie de demander au Pape les permissions nécessaires pour nous marier au plus tôt.

— Dieu soit béni ! dit-il, en faisant un bond auquel Fiorina donna aussitôt une gracieuse réplique. Je ne demande pas mieux. Je suis prêt ; maintenant si vous voulez.

— Sont-ils heureux ! disait le Frère ! Si le Pape les voyait ainsi, il les marierait sur l'heure. Je vais faire la supplique.

— Et moi, je vais faire celle de mon oncle, le syndic : les deux seront présentées ce matin, signées, paraphées, tout ce que vous voudrez, et nous nous marierons demain. — Dites, Monsieur, avez vous vu mon oncle, hier, quand il a fait son compliment au Pape ? Il devait être beau, avec ses culottes courtes à pont-levis, son habit noir, son chapeau à claque, et je suis sûr qu'il tremblait comme un jonc. Et il se mit à rire aux éclats.

Puis, sans me donner le temps de répondre : — Je ne sais pas qui lui avait fait son compliment : ce doit être le curé, à moins qu'averti de l'arrivée du Pape il ne soit allé en acheter un tout fait à Rome. — Enfin, je vais lui faire sa supplique.... et la leçon sur la manière dont il doit la présenter, quand il ira dîner aujourd'hui chez le Pape.

Avant midi Fra Joachino était revenu du palais, rapportant la supplique signée par Pie IX, qui avait ajouté : « Valable au civil comme au religieux. » Le syndic déclarait que cela suffisait et était enchanté de n'avoir pas à présenter la sienne. Je ne pourrais dire lequel des deux enfants était le plus heureux. Il m'était impossible de ne pas m'associer à leur bonheur, et je n'entrevis qu'un peu après l'ombre de quelques papillons noirs me traverser l'esprit.

— Nous voilà en règle, dit Carluccio, et à quand le mariage?

— Demain, dit Fiorina.

— Mais ta robe n'est pas prête, objecta sa mère.

— Je la préparerai, soyez sans inquiétude.

— Mais la chambre! objecta-t-elle encore.

Fiorina sembla hésiter un moment. Puis elle reprit vivement: — Eh! bien, Monsieur est si bon; il ira prendre la chambre de Carluccio. Cela ne vous fait rien, n'est-ce pas?

Je devais répondre que j'acceptais, et je crois avoir ainsi répondu. Le fait est que, sans perdre de temps, il fallut s'occuper de mon déménagement, afin que, le lendemain, on n'eût qu'à faire mon lit dans la maison de Carluccio. Fiorina était d'une étonnante activité. Avant la nuit, elle eut préparé sa robe, en rien de temps, tout disposé dans la maison et dans la chambre qu'elle devait occuper le lendemain avec son mari. On décida que Fra Joachino et moi serions les seuls invités; la situation de sora Beatrice, sa vie retirée, lui permettaient d'agir ainsi. Cependant le syndic devait être admis au repas de famille, ainsi que la jeune fille — une cousine de Fiorina — qui lui donna sa couronne de mariée.

La soirée fut très-gaie, comme l'est cette soirée qui précède un jour impatiemment attendu. J'eus même occasion de connaître un talent que Fiorina et Carluccio ne m'avaient jamais montré. Ils chantèrent en s'accompagnant de la harpe toutes les romances et tous les morceaux de leur répertoire. Fiorina désigna l'ordre dans lequel ils devaient être exécutés. Quand elle eut fini:

— Vous connaissez l'histoire complète de l'union

que nous allons célébrer demain, me dit-elle, Carluccio et moi nous composâmes ces morceaux à diverses époques de notre vie. Il y en a de joyeux, il y en a de tristes, selon les degrés de nos espérances et de nos craintes. Maintenant tous ceux que nous composerons seront joyeux, n'est-ce pas, Carluccio?

Le jeune fiancé ne répondit pas autrement qu'en déposant un baiser sur le front que la jeune fille lui présentait. Dans une autre circonstance, je n'aurais pas observé ce silence. Ce jour-là, il me frappa; mais je l'attribuai aux idées noires que me donnait la nécessité où j'étais de sortir, le lendemain, de cette chère maison.

Ces pensées me suivirent dans ma chambre. Jamais Fiorina ne m'avait semblé aussi belle qu'au moment où elle jouait de la harpe avec son fiancé. La finesse et la légèreté de sa taille se révélaient dans toute leur délicatesse, tandis qu'elle décrivait une gracieuse courbe autour de son instrument. Les mouvements de son cou d'albâtre mettaient en relief tantôt le doux ovale de son intelligente physionomie, tantôt son profil pur avec toute la vivacité de son œil brillant. Carluccio était bien beau aussi, appuyé sur sa harpe d'où il tirait des notes rapides et de ravissants accords. J'étais obligé de convenir que ces deux adolescents étaient admirablement assortis l'un à l'autre, et que leurs grâces ingénues étaient dignes de s'allier ensemble par les nœuds les plus durables que Dieu et l'homme aient inventés.

Le tableau que j'avais sans cesse devant les yeux, ne suffisait pas à chasser ma tristesse. Etais-je jaloux du bonheur qui se préparait pour eux? Je le crus un instant et j'en fus humilié. Non, je n'aimais pas Fiorina, si je ne pouvais surmonter la douleur que j'éprouvais à quitter sa maison pour sourire à son bonheur.

Je retrouvais dans mes oreilles le son de leurs voix harmonieuses et vibrantes. Celle de Fiorina avait moins d'éclat que celle de Carluccio; mais elle avait peut-être plus d'ampleur dans les notes élevées. Celle de Carluccio avait un médium sonore, sans être criard, et des notes basses d'une suave et régulière douceur. Ils s'assortissaient donc encore très-heureusement sous ce rapport.

Les paroles des airs qu'ils nous avaient chantés me revenaient à la mémoire. Ils les composaient, étant bien jeunes, tandis qu'ils allaient ensemble, en compagnie de sora Beatrice, se promener sur les bords du lac, cueillir des fleurs pour la Madone et porter leurs aumônes au couvent. L'une de ces romances disait :

« Il est beau le lac, quand il est calme et qu'il réfléchit le visage de ceux qui s'aiment, l'image de ceux que l'amour doit unir. Il est beau le lac lorsque les grands vents soulèvent ses flots : il s'agite alors dans la profondeur, ses vagues montent vers le ciel et viennent se briser en des flots écumants contre le rivage. Ceux qui s'aiment ne connaîtront jamais des tourmentes pareilles : leur vie s'écoulera, douce et calme, protégée par un ciel toujours serein. »

Une autre célébrait le printemps, les oiseaux et les fleurs :

« Ils travaillent sous la feuillée, les petits oiseaux, ils travaillent à faire leur nid, parce que le printemps est venu.

« C'est là qu'ils déposeront leurs petits, sous la

feuillée, qui les abritera contre la fraicheur de la pluie et contre les ardeurs du soleil.

« Le printemps est venu. La nature a semé des fleurs autour de votre berceau, créatures du bon Dieu ; le printemps est venu.

« Le printemps vient aussi pour ceux qui s'aiment : il a ses fleurs embaumées, c'est le ciel qui nous les donne, quand vient le printemps des fiancés.

« Les fleurs qui poussent sur la tombe isolée ont aussi un bien doux parfum, mais elles manquent d'éclat. Ce sont des fleurs d'automne : j'aime mieux celles du printemps. »

Tout cela me revenait, mais ne pouvait suffire à chasser mes sombres pressentiments que j'attribuais toujours à la même cause : tout en m'associant au bonheur des deux futurs époux, je constatais avec peine que cette nuit était la dernière que je devais passer dans cette chère demeure. Je formais des vœux pour le bonheur de Carluccio et de Fiorina, pour celle-ci surtout. Elle entrait dans ce nouvel état de vie avec une de ces confiances naïves qui ne permettent aucun doute, que n'accompagne aucun regret. Heureux enfants ! Puissiez-vous ne jamais connaître les larmes ! Vous disiez dans l'un de vos chants : « Les larmes sont encore douces quand l'amour les inspire et quand l'amour essuie les yeux qui les répandent. » C'est ainsi que pensent ceux qui n'en connurent point l'amertune. Et mes yeux s'inondaient de pleurs que je ne pouvais contenir.

La prière seule peut avoir raison d'un état d'âme pareil à celui que je subissais, sans le vouloir et sans en discerner clairement le motif véritable. Mais la prière était presque une étrangère sur mes lèvres; je fus tout étonné des sentiments que j'exprimai alors à celui qui tient en ses mains le bonheur et l'épreuve, la tristesse et la joie. Cependant, tandis que je priais, le calme rentrait dans mon âme et le sommeil s'appesantissait sur mes paupières, sauf à se réserver le droit de me troubler encore par des rêves sinistres et d'augmenter ainsi mes terreurs.

VII

De très-bonne heure, nous nous rendîmes à l'église, où tout était disposé pour la cérémonie. Malgré le secret dans lequel on avait tenu la célébration du mariage, quelques indiscrétions s'étaient produites, et nous fûmes obligés de fendre les flots d'un peuple empressé, pour arriver jusqu'au pied de l'autel. Ce peuple, d'ailleurs, était silencieux et recueilli. Il eût été difficile de ne pas se laisser impressionner par la sereine gravité de Fiorina, de sa mère et de Carluccio. Je remarquai la différence qu'il y avait entre cette fête de famille et celles du même genre dont j'avais souvent été témoin en France et surtout à Paris.

Je fus aussi très-frappé d'une particularité dont on ne m'avait pas averti. Fiorina, sa mère et Carluccio communièrent tous trois à la messe, ce qui se pratique fort rarement chez nous.

Les assistants qui avaient contenu leurs impressions dans l'église, leur donnèrent un libre cours à notre sortie.

— Qu'elle est belle, disaient les jeunes gens,

avec sa robe blanche et les fleurs qui ornent sa tète ! Que Carluccio est heureux !

— C'était la fleur de Castello, disaient les femmes. Elle nous reste : elle fera le bonheur des pauvres, maintenant qu'elle sera plus riche.

Les enfants cherchaient à s'approcher pour mieux voir. Les jeunes filles lui offraient des fleurs et lui exprimaient le regret qu'elles éprouvaient de n'avoir pas été informées à temps pour tresser des bouquets et des couronnes.

Fiorina donnait à tous des poignées de main, les remerciait de leur empressement, répondait par un mot heureux à leurs félicitations.

Fra Joachino avait voulu servir la messe. Ce fut lui qui présenta ensuite aux nouveaux mariés le registre paroissial sur lequel ils devaient apposer leur signature. Il embrassa Carluccio avec effusion, et Fiorina lui ayant présenté la main, il la prit et la pressa dans les siennes, que la jeune fille baisa avec respect.

Carluccio, en arrivant à la maison, tandis qu'on attendait le syndic, tira de sa poche une belle bourse pleine de monnaie d'argent, et la donnant à Fiorina :

— C'est pour tes pauvres, lui dit-il.

— Il ne faut pas les faire attendre, répondit-elle.

Et se précipitant vers la porte, elle distribua tout ce que la bourse contenait, avec autant de grâce que de gaieté.

Quand elle revint, elle montra à Carluccio la bourse vide, la retournant pour lui faire bien voir qu'elle ne contenait plus rien.

— En voici une autre, lui dit son mari ; celle-ci, ajouta-t-il plus bas, contient ce qu'il faut donner à Fra Joachino pour son couvent; mais c'est toi qui dois la lui remettre.

Elle contenait deux pièces d'or. Le Frère les reçut en bénissant Dieu de ce qu'il venait au secours de ses pauvres volontaires.

Le syndic arriva. Il avait mis ses habits de fête, le même costume avec lequel il reçut le Pape à son arrivée au palais. Il lut les dispositions de la loi concernant le mariage, avec autant de solennité que sa harangue à Pie IX, et avec plus d'assurance. Il demanda ensuite le consentement des époux et leur fit signer le procès-verbal qu'il avait dressé.

Sora Beatrice embrassa alors sa fille et Carluccio.

— Vous serez les anges tutélaires de cette maison qui vous appartiendra désormais avec tous mes biens, leur dit-elle, et je me voue dès à présent à votre bonheur.

Elle donna ensuite à Carluccio deux bourses, semblables à celle qu'avait reçues Fiorina : il y en avait une pour les pauvres et l'autre pour le couvent. Imitant Fiorina, Carluccio se dépouilla aussitôt de ce qu'elles contenaient en faveur de leurs destinataires.

— C'étaient mes économies réservées, disait sora Beatrice, pour le jour où Dieu bénirait votre union.

Il ne restait plus qu'à songer au dîner de famille, et sora Beatrice s'était réservée ce soin. Carluccio me proposa d'aller voir, chez lui, la chambre qu'il me destinait, tandis que Fiorina et sa cousine devaient préparer celle des époux. Je ne connaissais encore de la maison de Carluccio que l'extérieur. Il me la fit visiter très-complètement. Elle était beaucoup mieux disposée que ne le sont les maisons italiennes, et meublée avec beaucoup de goût. Quand nous fûmes tous deux assis au salon.

— Vous êtes, Monsieur, un ami pour nous, me dit Carluccio ; je tiens à vous dire quelle est la position que j'ai et que Fiorina va partager.

Il me montra alors un plan de la propriété qu'il possédait aux environs de Castello. Elle était composée de vignes, d'oliviers, de prairies et de bois situés sur le bord du lac.

— On l'a souvent estimée, me dit-il, cent cinquante mille francs. Elle me donne environ six mille francs de rente. Et voici qui complète ma petite aisance.

Et il me montra des titres de rente pontificale pour cinq mille francs. — Tout cela m'est venu depuis deux ans, ajouta-t-il, par une suite d'héritages sur lesquels je ne comptais pas. J'aurais pu faire un établissement plus avantageux ; mais j'avais donné ma parole à Fiorina ; je l'aimais ; je suis resté sourd à toutes les propositions qui m'ont été faites — elles n'ont pas manqué, dès qu'on a su que j'étais riche — et maintenant je suis heureux que mes vœux soient enfin accomplis. Vous nous garderez, je l'espère, votre amitié : vous viendrez nous voir le plus souvent que vous le pourrez. Nous ferons tout ce qui dépendra de nous pour que notre hospitalité vous plaise.

Il parlait encore, lorsque nous entendîmes un coup de feu. Je devins pâle et je sentis mes forces défaillir.

— Qu'avez-vous, Monsieur ? me dit Carluccio, qui partagea aussitôt mon émotion.

— Ce coup de feu, répondis-je... Allons vite chez votre mère... Ne serait-ce pas ?...

J'avais mis la main à la poche de mon habit ; je n'avais pas trouvé mon revolver, et je me rappelai que je l'avais déposé la veille dans une armoire ouverte de ma chambre ; une sueur froide me saisit.

— Ce sont les gens du village qui fêtent notre mariage en tirant des fusées, me dit Carluccio.

Au même moment, on l'appela. Nous nous précipitâmes ensemble chez sora Beatrice. Sa nièce accourait à nous, mon revolver à la main.

— Je l'ai tuée ! disait-elle, je l'ai tuée !

Nous pénétrâmes dans la maison. Sora Beatrice se tenait immobile devant sa fille baignée dans son sang. Carluccio la prit dans ses bras. Je m'approchai. Elle était morte : le coup l'avait atteinte au cœur. Son sang se répandait dans l'appartement. La petite revint, comme affolée par la douleur. Lorsqu'elle put parler, après que Carluccio et sora Beatrice eurent enseveli le corps de Fiorina, elle nous raconta que, en arrangeant une armoire, elle avait pris le revolver que j'y avais déposé la veille par mégarde, qu'elle avait cru que c'était un jouet, qu'elle l'avait manié ; le coup était parti, sans que l'arme quittât ses mains ; Fiorina était tombée sans connaissance ; elle n'avait pas prononcé un seul mot : elle avait été foudroyée.

Nous pleurions tous à chaudes larmes. Je ne pouvais me consoler d'être la cause involontaire de ce malheur. J'admirai la force d'âme de Carluccio.

— Elle en avait le pressentiment, disait sora Beatrice.

— Je n'étais pas digne d'elle, ajoutait Carluccio. Il se jetait sur le corps inanimé de Fiorina. On eût dit qu'il cherchait à la rappeler à la vie.

Fra Joachino arriva bientôt. Il pleura aussi la mort de Fiorina. Puis il essaya de consoler sa mère et Carluccio, qui ne savait que répéter :

— Je n'étais pas digne d'elle. C'est la punition...

— Non, mon enfant, disait le Frère, ce n'est pas une punition. Le ciel l'a voulue pour lui. Elle avait souvent pressenti...

— Oui, reprenait la mère éplorée; oui, elle m'a souvent dit...

Et les sanglots étouffaient ses larmes.

— Un moment avant le malheur, reprit sa cousine, Fiorina disait : « Je n'aurais jamais cru que je préparerais pour moi une chambre nuptiale. Je croyais mourir avant d'être la femme de Carluccio. »

— Adorons les desseins du bon Dieu, disait Fra Joachino. C'est dur, mais le Seigneur l'a voulu ainsi. Il faut se soumettre à sa volonté sainte, même lorsqu'elle est terrible.

Carluccio et moi nous nous constituâmes les gardiens du corps de Fiorina dans sa chambre, ma chambre, hélas! qui me reprochait ma distraction de la veille et la mort de cette admirable jeune fille dont mon étourderie avait été l'occasion. Je n'osais pas m'accuser auprès de Carluccio; mais toutes les larmes que je versais et que j'ai versées depuis, n'ont été qu'un bien faible témoignage de mes remords. Et cependant tous ceux qui m'entouraient répétaient si souvent : « Il faut se soumettre; Dieu l'a voulu! » ils évitaient avec tant de soin de mettre en cause mon imprudence, que je me sentais, en quelque sorte, défendu contre les retours de ma conscience par leur résignation admirable.

Le lendemain, nous accompagnâmes au couvent la dépouille mortelle de Fiorina. Son cercueil était enveloppé de blanc, orné de fleurs blanches, porté par des jeunes filles vêtues de blanc, qui se relevaient, et ne voulurent permettre à personne de partager avec elles l'honneur de porter leur amie. Sora Beatrice suivait le cercueil appuyée sur le bras de Carluccio et sur le mien. Elle montra autant de courage que de soumission à la volonté divine.

On entra dans la chapelle où un service fut célébré par le Père Antoine. Puis Carluccio et moi voulûmes descendre le corps dans le caveau de famille, où Fiorina et sa mère avaient droit de reposer. Il est à gauche du chœur, quand on se place en face de l'autel. Il y avait d'autres cercueils et deux places vides, en forme de ces *loculi* que l'on voit dans les catacombes.

Sur la pierre scellée on a tracé, quelques jours après, le nom de « Fiorina, vierge de Castello, morte, par la volonté de Dieu, le jour même où, après avoir reçu le sacrement du mariage et communié, les anges sont venus la chercher, afin de respirer au ciel le parfum de sa virginité. »

Quand tout fut terminé, Carluccio déclara qu'il ne voulait plus quitter le monastère.

— Vous êtes âgé, dit-il à Fra Joachino ; vous ne pouvez presque plus aller quêter ; je vous remplacerai.

Il voulait vendre ses biens et les donner aux pauvres, après avoir assuré une dotation à sora Beatrice. Le Pape, à qui on fut obligé d'en référer, à cause de la dispense aux règles générales de l'ordre qui ordonnent un noviciat à faire à Rome et ne permettent pas à un religieux de choisir son couvent, le Pape permit qu'il fût dérogé à ces règles en faveur de Carluccio, mais il lui prescrivit de garder ses biens, et lui donna l'autorisation de continuer à les administrer.

— Les temps sont mauvais, dit Pie IX ; des jours plus mauvais vont peut-être arriver bientôt, où il sera utile à l'ordre du Patriarche de la pauvreté volontaire, que l'un de ses fils ait des possessions afin de donner du pain à ses Frères.

J'assistai à l'audience que le Saint-Père donna à Fra Joachino pour cet objet. Quand le Frère lui eût raconté le malheur qui nous avait tous frappés, le Pape ne put retenir une larme; puis, élevant les yeux vers le ciel, il nous dit, d'une voix pénétrante, et d'un ton convaincu que je n'oublierai jamais:

« LES ANGES ONT CHANTÉ LE JOUR DE LA MORT DE FIORINA : VENEZ, ÉPOUSE DE JÉSUS-CHRIST ; VENEZ RECEVOIR LA COURONNE ÉTERNELLE QUE LE SEIGNEUR VOUS AVAIT PRÉPARÉE ! »

PARIS. — IMPRIMERIE V^{es} RENOU, MAULDE ET COCK

RUE DE RIVOLI, 144. — 21285

Extrait du Journal le *Rosier de Marie*.